Introdução à hidrogeografia

Dados Internacionais de Catalogação na Publicação (CIP)
(Câmara Brasileira do Livro, SP, Brasil)

Torres, Fillipe Tamiozzo Pereira
 Introdução à hidrogeografia / Pedro José de Oliveira Machado e Fillipe Tamiozzo Pereira Torres. - São Paulo : Cengage Learning, 2022. - (Textos básicos de geografia)

 2. reimpr. da 1. ed. de 2013.
 Bibliografia.
 ISBN 978-85-221-1224-1

 1. Bacia hidrográfica 2. Controle de qualidade da água 3. Geografia física 4. Hidrologia 5. Recursos hídricos I. Machado, Pedro José de Oliveira. II. Título. III. Série.

12-00854   CDD-551.48

Índices para catálogo sistemático:
 1. Hidrogeografia 551.48
 2. Hidrologia 551.48

Introdução à hidrogeografia

Pedro José de Oliveira Machado
e
Fillipe Tamiozzo Pereira Torres

Austrália • Brasil • México • Cingapura • Reino Unido • Estados Unidos

Introdução à hidrogeografia

Pedro José de Oliveira Machado e Fillipe Tamiozzo Pereira Torres

Gerente Editorial: Patricia La Rosa

Supervisora Editorial: Noelma Brocanelli

Supervisora de Produção Editorial: Fabiana Alencar Albuquerque

Editora de Desenvolvimento: Gisela Carnicelli

Copidesque: Mariana Gonzalez

Revisão: Alberto Bononi e Mariana Gonzalez

Diagramação: PC Editorial Ltda.

Capa: MSDE/Manu Santos Design

Pesquisa Iconográfica: Josiane Camacho e Vivian Rosa

© 2013 Cengage Learning. Todos os direitos reservados.

Todos os direitos reservados. Nenhuma parte deste livro poderá ser reproduzida, sejam quais forem os meios empregados, sem a permissão, por escrito, da Editora. Aos infratores aplicam-se as sanções previstas nos artigos 102, 104, 106 e 107 da Lei nº 9.610, de 19 de fevereiro de 1998.

Esta editora empenhou-se em contatar os responsáveis pelos direitos autorais de todas as imagens e de outros materiais utilizados neste livro. Se porventura for constatada a omissão involuntária na identificação de algum deles, dispomo-nos a efetuar, futuramente, os possíveis acertos.

Para informações sobre nossos produtos, entre em contato pelo telefone **0800 11 19 39**

Para permissão de uso de material desta obra, envie seu pedido para
direitosautorais@cengage.com

© 2013 Cengage Learning. Todos os direitos reservados.

ISBN-13: 978-85-221-1224-1
ISBN-10: 85-221-1224-X

Cengage Learning
Condomínio E-Business Park
Rua Werner Siemens, 111 – Prédio 11 – Torre A – Conjunto 12
Lapa de Baixo – CEP 05069-900 – São Paulo – SP
Tel.: (11) 3665-9900 – Fax: (11) 3665-9901
SAC: 0800 11 19 39

Para suas soluções de curso e aprendizado, visite **www.cengage.com.br**

Impresso no Brasil
Printed in Brazil
2. reimpr. – 2022

Sumário

Apresentação   ix

Sobre os autores   xi

Prefácio   xiii

capítulo 1   Introdução à hidrogeografia   1

capítulo 2   A água na natureza (a água em números e os números da água)   9
   2.1   OCORRÊNCIA E DEMANDAS   18
   2.2   CONSUMO E PERDAS   22

capítulo 3   Ciclo hidrológico   25
   3.1   CICLO DO USO DA ÁGUA   33
   3.2   CICLO DE CONTAMINAÇÃO   34

capítulo 4   Bacia hidrográfica   37
   4.1   CÁLCULOS E ANÁLISES MORFOMÉTRICAS DE BACIAS HIDROGRÁFICAS   46
      4.1.1   Classificação geral dos cursos d'água e padrões de drenagem   48
      4.1.2   Divisor de águas   52
      4.1.3   Área (A) e perímetro (P) da bacia   53

        4.1.4   Hierarquia fluvial – ordenamento de canais   53
        4.1.5   Comprimento do rio principal (L)   56
        4.1.6   Densidade de drenagem (Dd)   57
        4.1.7   Coeficiente de manutenção (Cm)   59
        4.1.8   Forma da bacia   59
        4.1.9   Relação de bifurcação (Rb)   62
        4.1.10   Declividade média (Dm ou H)   63
        4.1.11   Coeficiente de rugosidade (CR ou RN)   64
        4.1.12   Índice de sinuosidade (meandros)   65
        4.1.13   Perfil longitudinal e gradiente   68
4.2   MEDIÇÃO DE VARIÁVEIS HIDROLÓGICAS   70
        4.2.1   Velocidade (V)   70
        4.2.2   Vazão (Q)   71

capítulo 5   Precipitação   79
5.1   FORMAÇÃO DAS PRECIPITAÇÕES   86

capítulo 6   Interceptação   99
6.1   VEGETAÇÃO E PROTEÇÃO DO SOLO   103

capítulo 7   Evaporação e evapotranspiração   107
7.1   EVAPORAÇÃO   109
7.2   EVAPOTRANSPIRAÇÃO   113

capítulo 8   Infiltração e águas subterrâneas   117
8.1   INFILTRAÇÃO   119
        8.1.1   Fatores intervenientes   120
        8.1.2   Grandezas características da infiltração   122
        8.1.3   Determinação da infiltração   123
                8.1.3.1   Simuladores de chuva   125
                8.1.3.2   Parcelas experimentais   125
        8.1.4   Armazenamento de água no solo   125
8.2   ÁGUAS SUBTERRÂNEAS   127
        8.2.1   Distribuição das águas subterrâneas   128

8.2.2 Armazenadores de água subterrânea 133
8.2.3 Aquíferos 134
8.2.4 Nascentes 137

capítulo 9 Escoamento superficial 139

9.1 COMPONENTES DO ESCOAMENTO 142
9.2 FATORES INTERVENIENTES NO ESCOAMENTO SUPERFICIAL 143
9.3 TEMPO DE CONCENTRAÇÃO 145

capítulo 10 Aspectos da qualidade das águas 147

10.1 ALTERAÇÕES NA QUALIDADE DA ÁGUA 151
10.2 PARÂMETROS E PADRÕES DE QUALIDADE 155
    10.2.1 Utilização dos parâmetros OD e DBO para avaliação da qualidade das águas 156

capítulo 11 Gestão de bacias e gerenciamento de recursos hídricos 161

Referências bibliográficas 169

Apresentação

A partir do segundo semestre letivo de 2007, o curso de Geografia da Universidade Federal de Juiz de Fora (UFJF) passou a contar com uma nova estrutura curricular, que objetivava atender aos novos desafios profissionais enfrentados por seus alunos, futuros professores e geógrafos. Passaram a compor a nova grade, dentre outras, as disciplinas Hidrogeografia e Gestão de Recursos Hídricos, esta última direcionada ao bacharelado.

Desde então, passamos a ministrar tais disciplinas, tendo conseguido, com nossos alunos, resultados muito satisfatórios, destacando-se a ampliação e o aprofundamento das pesquisas sobre os recursos hídricos locais e regionais. Tais disciplinas deram à luz trabalhos muito interessantes sobre qualidade das águas urbanas e suas correlações com o processo de expansão da cidade, sobretudo na sua interface com os modelos de uso e ocupação do solo, alcançando assim um de seus objetivos principais – que era integrar os alunos ao amplo, complexo e estimulante campo de pesquisas sobre os recursos hídricos.

Outra situação que se mostrou inicialmente importante foi representada pela necessidade de criar um material específico para a disciplina Hidrogeografia, que se destinasse aos alunos dos primeiros períodos do curso de geografia. A inexistência de um material didático que reunisse todos os conteúdos que gostaríamos de trabalhar nessa disciplina fez com que preparássemos uma apostila básica que tentava reunir em um só lugar os vários temas de interesse da geografia. É daí que surgiu a ideia de criar o presente livro, ou seja, de agregar em um único volume os tópicos mais importantes e que devem ter lugar em um semestre letivo.

Assim, em parceria com o professor Fillipe Tamiozzo Pereira Torres, companheiro em outra obra – *Introdução à climatologia* –, ousamos transformar a simples apostila em um livro destinado aos alunos de geografia e áreas afins.

A ideia central é apresentar os conceitos fundamentais ligados aos estudos da *água*, tendo como recorte territorial principal a *bacia hidrográfica*, utilizando linguagem acessível e dirigida ao público acadêmico dos primeiros períodos, sempre visando a exemplificar e ilustrar os conteúdos. Ao mesmo tempo em que buscamos nos fundamentar em autores consagrados no campo da hidrologia, tentamos proporcionar aos alunos-leitores a possibilidade e o estímulo de tentar aplicar esses conceitos, seja com o uso de métodos mais técnicos e sofisticados ou daqueles mais simples e expeditos. O importante é buscar efetivar uma educação mais participativa, com o estímulo e o envolvimento direto dos acadêmicos no processo de geração do conhecimento.

Pedro José de Oliveira Machado
Fillipe Tamiozzo Pereira Torres

Sobre os autores

PEDRO JOSÉ DE OLIVEIRA MACHADO é formado em Geografia pela UFJF (1988). Titulou-se mestre em Geografia pela Unesp/Presidente Prudente (SP), em 1998, na área de concentração "Desenvolvimento Regional e Planejamento Ambiental". Atualmente, é doutorando em Geografia na UFF, Niterói (RJ). Foi geógrafo do Instituto de Pesquisa e Planejamento da Prefeitura de Juiz de Fora (IPPLAN/JF) entre 1988 e 1991. Desde 1991 é professor da UFJF, no Departamento de Geociências, lecionando disciplinas nos cursos de Geografia, Arquitetura e Urbanismo e no curso de Especialização em Análise Ambiental, da Faculdade de Engenharia.

FILLIPE TAMIOZZO PEREIRA TORRES é geógrafo formado pela Universidade Federal de Juiz de Fora e mestre em Ciência Florestal pela Universidade Federal de Viçosa. Tem experiência na área de Geociências, com ênfase em Geografia Física, atuando principalmente com climatologia geográfica e gestão ambiental. Atualmente, é professor e coordenador do curso de Gestão Ambiental da Universidade Presidente Antonio Carlos e Gerente da Divisão de Planejamento e Gestão da Prefeitura Municipal de Ubá. Possui vasta produção bibliográfica relacionada às ciências ambientais.

Prefácio

Partindo da premissa de que *água é vida*, se a *Hidro Geografia* puder ser considerada a *Geografia das Águas*, poderia sem modéstia alguma chamá-la de *Geografia da Vida*. Portanto, falar de *Hidrogeografia* implica em abordar os quatro elementos básicos: *água, terra, fogo e ar*. A "água" está contida e contém todas as formas de vida. É o que diferencia o nosso planeta. A "terra" está em processo acelerado de mudanças devido a sociedade e cultura dominante. Alterações na cobertura vegetal e uso da terra provocadas pelo homem têm influído no deslocamento da água para outros lugares, diminuindo sua qualidade e disponibilidade. O "fogo" das queimadas e a dependência energética e cotidiana dos combustíveis fósseis têm alterado o nosso "ar" em todas as escalas. Sociedade *camicase* leva a *natureza* cada vez mais *reativa*: ciclo de catástrofes *humanas* com frequência cada vez maior. A vida e a extinção de espécies tornam-se cada vez mais banalizadas: o homem é a causa e sofre o efeito de todas estas mudanças. Exemplos como Fukushima, BR440 e Usina de Belo Monte: erros do passado, do presente e do futuro. A *tecnologia* pode resolver qualquer problema com *segurança*? A *tecnologia* tem acelerado processos que a *natureza* demorou vários anos dentro do tempo geológico. Até a *adaptação* dos seres vivos está se tornando difícil em face da velocidade destas mudanças. Será possível daqui a alguns anos viver no *Planeta Terra* com *qualidade de vida*?

Contudo, existe esperança quando encontramos seres humanos abnegados como os autores desse livro. Escrever é um ato de doação, em certa medida até religioso. Prof. Pedro é um entusiasta da *Ciência*. Não se limita a sala de aula, sempre levando seus alunos para a *realidade* nas suas memoráveis *aulas de campo*. Posso testemunhar que não há aluno que deixe de *refletir* após estas *expedições geográficas*. Da nascente do rio Paraibuna até os mananciais de abastecimento de Juiz de Fora, é um dos maiores e mais cuidadosos estudiosos da *História* e *Geografia* local. O Prof. Fillipe Tamiozzo possui um espírito prático e empreendedor desde o seu tempo de estudante. Quando estudante já se mostrava como um futuro profissional de iniciativa sempre ligado com as novidades do campo da *Geografia Física* e com as técnicas de *Geoprocessamento*. A união destas duas mentes inquietas só poderia produzir um material de excelente qualidade, ampliando os olhares da academia para além das disciplinas isoladas, dentro da ideia transversal que a área ambiental exige. Portanto, boa leitura para todos!

Juiz de Fora, 13/10/2011
Prof. Cézar Henrique Barra Rocha
Universidade Federal de Juiz de Fora (UFJF) –
Núcleo de Análise Geo Ambiental (NAGEA)

capítulo 1

Introdução à hidrogeografia

Com o ar atmosférico (combinação essencial a quase todas as formas vivas) e com a energia solar (motor propulsor de quase todos os processos físicos e químicos da Terra, como a fotossíntese, por exemplo), a água é um elemento imprescindível às várias formas de vida presentes no planeta, pois é necessária e fundamental, de maneira direta e/ou indireta, a todas elas. É o que comumente se chama de *essencialidade*, por ser a água um elemento essencial e insubstituível.

Bem natural dotado de valor econômico, tal como reconhecido legalmente pela Lei Federal nº 9.433, de 8 de janeiro de 1997 (que em seu Título I, Capítulo I, Artigo 1º, Inciso II reconheceu que ela é "um recurso natural limitado, dotado de valor econômico"), a água é o elemento que diferencia a Terra dos demais planetas, pois somente aqui ela pode ser encontrada nos seus diferentes estados físicos – sólido, líquido e gasoso. Foi ela que possibilitou a formação e manutenção das várias formas de vida terrenas conhecidas e por isso, como apontado por Miranda (2004, p. 17), ela "é um pouco como Deus. Nem sempre de forma visível, está presente em toda parte neste úmido planeta".

Está diretamente relacionada a efeitos simples e comuns (como a formação de nuvens, as chuvas e o escoamento dos rios) e a eventos catastróficos (como inundações, secas, geadas e furacões). Teve implicação direta na organização social da humanidade, uma vez que a passagem do estágio humano da *caça e coleta* para o da agricultura e criação de animais só se tornou possível graças ao seu controle, tanto para irrigação (como na Suméria, na Mesopotâmia e no Egito) quanto para a dessedentação de animais, fato que possibilitou nossa *sedentarização* e viabilizou a implantação das primeiras cidades, que tinham (e ainda mantêm) uma localização preferencialmente marginal aos cursos d'água (*o Egito é uma dádiva do Nilo*).

Ao mesmo tempo que se tornou um elemento vital para as cidades, também se transformou em ponto de destinação final dos mais variados tipos de efluentes aí produzidos, constituindo-se até mesmo num importante vetor para a transmissão de inúmeras doenças. Assim, a água que viabilizou o processo de urbanização tem sido constantemente inviabilizada por ele. Drew (1986, p. 87) analisa esta relação, salientando o exemplo dado pelas chamadas *civilizações hidráulicas*, do antigo Egito, da China, da Índia e da Mesopotâmia, enfatizando que "sua ascensão e subsequente queda estão intimamente relacionadas ao uso e abuso da água".

O que se observa especialmente (mas não unicamente) nas cidades é a ocorrência de profundas e severas alterações na sua qualidade, quantidade e disponibilidade (ocorrência). As relações entre o processo de urbanização e os recursos hídricos têm se notabilizado, sobretudo, pelo insucesso, com significativos prejuízos para as águas urbanas, fato que tem se mostrado muito prejudicial para toda a coletividade. A degradação da qualidade das águas urbanas tem se constituído num elevado custo econômico e social, gerado por um modelo de desenvolvimento geralmente descomprometido com a qualidade do ambiente.

De maneira geral, embora se saiba que a água é um recurso natural essencial à vida, ao desenvolvimento econômico e ao bem estar social, como destacado por Conte e Leopoldo (2001), os recursos hídricos têm tido sua qualidade severamente comprometida na razão direta do maior desenvolvimento tecnológico da sociedade.

O crescimento da população e do consumo médio por habitante, o aumento das demandas para suprir aos novos e variados usos, e a poluição decorrente do conjunto das atividades humanas têm gerado uma grande pressão sobre os recursos hídricos. Vários autores destacam um cenário futuro no qual deverão ser intensificados os conflitos relativos ao seu acesso e controle. Felizmente, também, vem-se difundindo a percepção de que a água é um recurso finito e que há limites para sua utilização. É a desejável desmistificação de sua *inesgotabilidade*.

A água é um recurso estratégico e não por acaso os estudos relativos a ela têm despertado enorme interesse nos mais diversos níveis da sociedade, assumindo papel de destaque no meio científico e acadêmico, mas também nos meios político e administrativo. Ela tem se configurado no objeto de pesquisas de várias áreas do conhecimento (química, geografia, climatologia, geologia, urbanismo, engenharia etc.) e de vários cursos e profissionais; há um número sempre crescente de produções específicas e de publicações variadas (livros técnicos, manuais, revistas etc.); ela está cada vez mais presente nas várias formas de mídia (rádio, televisão, jornais, internet), em eventos específicos (encontros, seminários, congressos etc.) e também nas decisões políticas. É o espaço da água.

Nesse momento, alguns conceitos se tornam preliminarmente importantes. *Água* e *recurso hídrico* constituem bom exemplo. Embora não exista conceituação específica e definitiva desses termos, pode-se dizer que a *água* é o elemento natural, quando sem uso ou utilização (como a chuva, o escoamento, a infiltração). Mas quando a ela se atribui ou se agrega um valor econômico qualquer, pode-se então considerá-la como um *recurso*. Orlando (2006, p. 21), em sua tese de doutorado, argumenta que "dentro do quadro de uma sociedade de mercado, assentada no modo de produção capitalista, a água, como qualquer outro recurso natural, acaba sendo colocada como mercadoria, uma vez que é dotada de valor econômico". Assim, exemplificando de maneira simples, pode-se dizer que aquela água mineral da *garrafinha* é água, sem dúvidas, mas como está dotada de valor econômico, está mais para um bem, ou seja, um recurso hídrico.

Outro conceito inicial importante é o de hidrologia. Pinto (2005, p. 01) define hidrologia como "a ciência que trata do estudo da água na natureza. Abrange, em especial, propriedades, fenômenos e a distribuição da água na atmosfera, na superfície da Terra e no subsolo". Santos et. al. (2001, p. 21) explicam que "a palavra hidrologia deriva das palavras gregas *hydor* (água) e *logos* (ciência) designando, portanto, a ciência cujo objeto é o estudo da água sobre a terra, sua ocorrência, distribuição e circulação, suas propriedades e seus efeitos sobre o meio ambiente e a vida". Tucci (1993, p. 25), na mesma linha, conceitua hidrologia como "a ciência que trata da água na Terra, sua ocorrência, circulação e distribuição, suas propriedades físicas e químicas, e sua relação com o meio ambiente, incluindo sua relação com as formas vivas".

Nace (1978), de maneira interessante e paradoxal, argumenta que a hidrologia é uma "ciência moderna de 5.000 anos". De fato, ela tem um longo rastro histórico, como os registros egípcios das cheias do rio Nilo, datados de 3000 a.C.; as observações meteorológicas feitas na China desde 1200 a.C.; as evidências de medição das precipitações pluviais na Índia, em 350 a.C. (PINTO, 2005, p. 1-2); o sistema de aquedutos romanos etc., mas ao mesmo tempo é uma ciência recente (a sistematização do conhecimento do ciclo hidrológico, por exemplo, se dá a partir do século XV, com destaque para as concepções de Leonardo Da Vinci; em 1580, Bernard Palissy publica sua obra sobre nascentes, poços artesianos, águas subterrâneas, rios e ciclo hidrológico; no século XVII, o desenvolvimento da meteorologia – com a invenção do barômetro, termômetro e higrômetro – dá grande impulso à hidrologia; Edmund Halley, em 1687, faz importantes experiências e observações sobre a evaporação dos oceanos; no século XIX iniciam-se as medições sistemáticas de precipitação e vazão nos Estados Unidos – em 1819 e 1888, respectivamente; ela torna-se disciplina específica em fins do século XIX e mais recentemente experimenta grande evolução com a utilização de modelos matemáticos, estatísticos e com o uso da informática).

Como é muito abrangente, geralmente é subdividida em alguns ramos, destacando-se dentre vários:

Limnologia: de acordo com Esteves (1998, p. 05) pode ser definida como "o estudo ecológico de todas as massas d'água continentais, independentemente de suas origens, dimensões e concentrações salinas. Portanto, além de lagos, inúmeros outros corpos d'água são objetos de estudo da limnologia, como por exemplo: lagunas, açudes, lagoas, represas, brejos, áreas alagáveis [...]";

Hidrometeorologia: estuda especificamente a água na atmosfera e as interrelações das fases atmosférica e terrestre do ciclo hidrológico;

Hidrometria: "é a parte da Hidrologia ligada à medida das variáveis hidrológicas, e tem como objetivo obter dados básicos, tais como precipitações, níveis de água, vazões, entre outros, e a sua variação no tempo e no espaço" (SANTOS et al., 2001, p. 21);

Potamologia: trata dos estudos dos rios e arroios, ou seja, é o estudo das águas correntes;

Hidrossedimentologia: estudo dos sedimentos que são transportados e depositados pela água, e dos processos erosivos geradores, relacionando-se assim aos importantes estudos sobre assoreamento, perda de solos, vida útil de reservatórios etc.;

Hidrogeologia: ramo da geologia que trata das águas subterrâneas e, especialmente, de sua ocorrência. É o "estudo das formas de interação entre a água e o sistema geológico" (IGAM, 2008, p. 37).

Nesse contexto (e sem pretender atribuir uma conceituação definitiva), a hidrogeografia se apresenta como uma evolução acadêmica da hidrografia, tradicionalmente mais descritiva. Ela possui uma abordagem mais ampla que envolve o estudo do comportamento das águas na natureza e suas implicações na organização espacial e econômica da sociedade; estuda a água como fator formador e modificador de paisagens; estuda os arranjos que se estabelecem entre água e solo, água e vegetação, água e clima. Assim, acaba por abarcar em seu escopo aspectos tão abrangentes quanto múltiplos, como os processos erosivos, o abastecimento público ou as modalidades de usos do solo, o que implica, por sua vez, em trabalhar diretamente com aspectos estratégicos ligados ao planejamento ambiental e ao ordenamento territorial, como a gestão de bacias hidrográficas e o gerenciamento de recursos hídricos.

capítulo 2

A água na natureza (a água em números e os números da água)

O Cosmos formou-se há cerca de 15 bilhões de anos. Nosso sistema solar deve ter aproximadamente 10,5 bilhões de anos. A Terra existe há cerca de 4,5 bilhões de anos e há aproximadamente 3,8 bilhões de anos surgiram os primeiros sinais de vida no planeta, justamente quando apareceram os primeiros sinais de água. De lá pra cá, a quantidade de água é praticamente invariável no tempo, modificando-se apenas (mas de forma substancial) em seu estado físico, o que se deve basicamente às variações de temperatura do planeta (como nos períodos de glaciação, por exemplo, nos quais existe mais água no estado sólido).

"Sem água não existe vida". Esta é uma frase elementar que permeia quase todos os manuais, documentos e trabalhos que se relacionam a este recurso. Vista do espaço, a Terra é o "planeta azul", o "planeta água", em razão de sua superfície ser ocupada pelas águas dos mares e oceanos numa proporção de aproximadamente ¾. Contudo, a água se apresenta em estoques irregularmente distribuídos, tal como mostrado na tabela e nas figuras a seguir. Avaliando a situação de distribuição e ocorrência de água na Terra, Villiers (2002, p. 54) sentencia: "os lagos de água doce e os rios, onde o ser humano consegue a água para seu consumo, contêm somente 90.000Km^3, ou seja, 0,26% de todo o estoque global de água doce (0,0068% de toda a água do Planeta). Em outras palavras, se toda a água da Terra fosse armazenada em um recipiente de 5 litros, a água doce disponível não encheria uma colher de chá".

Tabela 2.1 Distribuição da água no planeta

Reservatórios	Volume (10³ Km³)	% do volume total de água	% do volume total de água doce
Oceanos	1.338.000,0	96,5379	
Subsolo/água subterrânea	23.400,0	1,6883	
Água doce	10.530,0	0,7597	30,0607
Água salgada	12.870,0	0,9286	
Umidade do solo	16,5	0,0012	0,0471
Áreas congeladas	24.064,0	1,7362	68,6971
Antártida	21.600,0	1,5585	61,6629
Groenlândia	2.340,0	0,1688	6,6802
Ártico	83,5	0,0060	0,2384
Montanhas	40,6	0,0029	0,1159
Solos congelados	300,0	0,0216	0,8564
Lagos	176,4	0,0127	
Água doce	91,0	0,0066	0,2598
Água salgada	85,4	0,0062	
Pântanos	11,5	0,0008	0,0328
Rios	2,1	0,0002	0,0061
Biomassa	1,1	0,0001	0,0032
Vapor d'água na atmosfera	12,9	0,0009	0,0368
Total de água salgada	1.350.955,4	97,4726	
Total de água doce	35.029,1	2,5274	100,0
Armazenamento total de água	1.385.984,5	100,0	

Adaptado de: Rebouças (1999, p. 8); Setti et. al (2001, p. 64); Santos et al. (2001, p. 23); Tomaz (2001, p. 28); Tundisi (2003, p. 7); MMA (2004, p. 14); Bassoi e Guazelli (2004, p. 56); Braga et al. (2005, p. 73); Scroggie (2005, p. 137); Clarke e King (2005, p. 20).

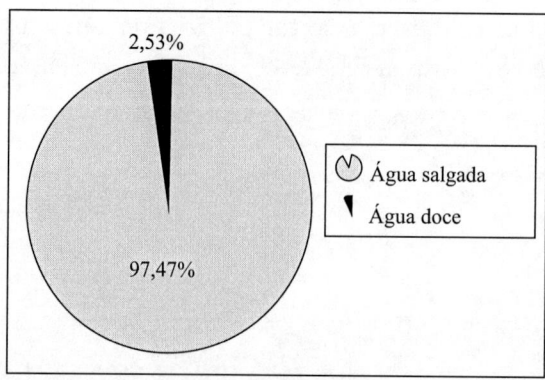

Adaptado de: Setti et al. (2001, p. 64)

Figura 2.1   A água do planeta

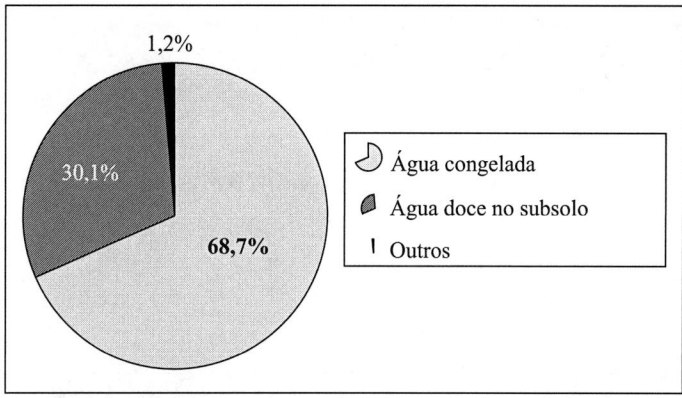

Adaptado de: Setti et al. (2001, p. 64)

Figura 2.2 Distribuição da água doce na Terra

As projeções para um futuro não muito distante dão conta de que o acesso à agua de qualidade se tornará um grave problema para a humanidade. "Por volta do ano 2025, cerca de 3 bilhões de pessoas (1,1 bilhão na África) estarão vivendo em países com tal escassez de recursos hídricos" (CHRISTOFIDIS, 2002, p. 16).

Podemos sobreviver vários dias sem comer, mas não conseguimos passar mais do que 2 ou 3 dias sem ingerir água, pois ela participa de todas as reações químicas que ocorrem dentro de nosso corpo. Por isso, a busca por água sempre foi uma grande preocupação para os grupos sociais. Foi e continua sendo um fator determinante para a fixação humana.

Tabela 2.2 Proporção de água no ser humano

Idades	% de água
Feto humano no quinto mês de gestação	Cerca de 94%
Entre 0 e 2 anos	De 75% a 80%;
Entre 2 e 5 anos	De 70% a 75%;
Entre 5 e 10 anos	De 65% a 70%;
Entre 10 e 15 anos	De 63% a 65%;
Entre 15 e 20 anos	De 60% a 63%;
Entre 20 e 40 anos	De 58% a 60%;
Entre 40 e 60 anos	De 50% a 58%;

Fonte: Miranda (2004, p. 19-20); Nogueira (1995, p. 47).

A água compõe grande parte dos organismos vivos. Nosso cérebro é constituído de 75% a 80% de água; os pulmões e o fígado, 86%; e o sangue, 81%. O corpo humano é composto de água entre 70% e 75%, numa proporção média muito semelhante à do planeta.

O ser humano adulto precisa de aproximadamente 2,4 litros de água por dia para manter suas funções vitais internas (água não integralmente bebida, mas proveniente de alimentos, frutas, legumes etc.).

Tabela 2.3 Fontes de água para o corpo humano

Fontes de água para o corpo humano	Volume médio em litros/dia
Água ou outras bebidas	1,2
Alimentos sólidos	0,9
Reações químicas internas	0,3
Total	2,4

Fonte: Montanari e Strazzacappa (1999, p. 13)

Tabela 2.4 Eliminação de água pelo corpo humano

Eliminação diária de água pelo corpo humano	Volume médio em litros/dia
Urina	1,4
Pulmões e pele (transpiração e respiração)	0,9
Fezes	0,1
Total	2,4

Fonte: Montanari e Strazzacappa (1999, p. 13)

Assim como acontece com o ser humano, muitos vegetais são constituídos em grande medida pela água. Como ironizado por Miranda (2004, p. 20) alguns deles "existem para serem bebidos e não comidos".

As águas doces disponíveis são utilizadas em várias atividades humanas. A agricultura, principalmente através da irrigação, representa cerca de 70% do total consumido (e desse valor, cerca de 40% são perdidos por razões diversas, como evaporação, desperdícios, irrigação excessiva etc.); as atividades industriais, incluindo a geração de energia elétrica, consomem cerca de 20%; os usos domésticos (água para beber, para cozinhar, para higiene etc.) respondem pelos 10% restantes.

Tabela 2.5 Participação de água na composição de alguns vegetais

Vegetais	% de água
Tomate	94 a 95
Alface	95
Melancia	92
Couve-flor	92
Melão	90
Abacaxi	87
Goiaba	86
Banana	74

Fonte: Branco (1993, p. 16); Miranda (2004, p. 20)

Contudo, de acordo com o Relatório do Desenvolvimento Humano do PNUD (2006), vale esclarecer que existem profundas diferenças no consumo de água pelos vários países, principalmente em razão dos seus diferentes níveis de desenvolvimento econômico.

Tabela 2.6 Consumo de água por setores de atividade (%)

Atividades	Países mais ricos	Países em desenvolvimento
Agricultura	42	81
Indústria	43	11
Usos domésticos	13	08

Adaptado de: PNUD (2006, p. 138)

Tabela 2.7 Consumo médio anual mundial de água (em km^3)

Setores/anos	1900	1950	1970	1980	2000 (estimativa)
Agricultura	409	859	1.400	1.730	2.500
Indústria	4	15	38	62	117
Doméstico	4	14	29	41	65
Reservatórios	–	7	66	120	220
Total	417	895	1.533	1.953	2.902

Fonte: Urban (2004, p. 101)

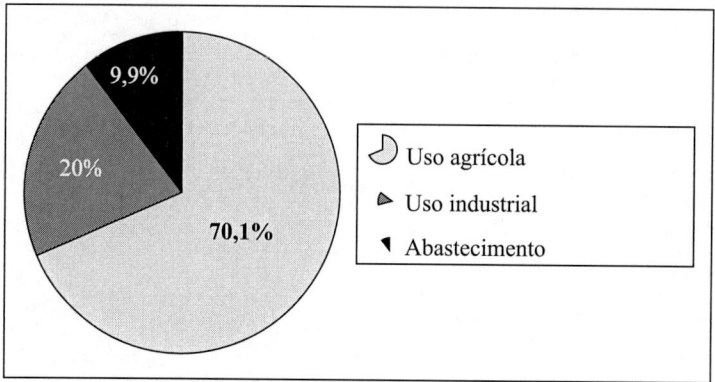

Adaptado de: Setti et al. (2001, p. 73)

Figura 2.3 Consumo médio de água por setores

Em relação às necessidades humanas, de acordo com a OMS (Organização Mundial de Saúde), vale destacar:

A quantidade mínima de água, qualitativamente aproveitável, suficiente à vida para usos domésticos é de 50 litros/habitante/dia, ou 18m³/pessoa/ano; tem-se adotado como referência o valor médio de 150 litros/habitante/dia (em Juiz de Fora/MG, por exemplo, são consumidos 165 litros/habitante/dia, de acordo com matéria veiculada pelo jornal *Tribuna de Minas*, de 22/03/2007);

Admite-se, excepcionalmente, que nos países mais pobres, o valor mínimo suficiente seja de 25 litros/habitante/dia;

Uma comunidade humana necessita, considerando todos os usos indispensáveis da água (para fins agrícolas, alimentares, industriais, energéticos etc.), de 1.700m³ de água/pessoa/ano, ou 4.657 litros/pessoa/dia (índice bastante suficiente). Abaixo desse valor a comunidade enfrenta problemas de escassez hídrica. Abaixo dos 1.000m³, uma sociedade entra em estado de estresse hídrico grave (PETRELLA, 2004, p. 12);

A ausência de água potável na quantidade e na qualidade mínimas indicadas é "a origem de doenças que causam a morte de cerca de 30 mil pessoas por dia" (PETRELLA, 2004, p. 11), ou cerca de 12 milhões de pessoas no mundo, todos os anos;

De acordo com a OMS, a falta de água potável e de saneamento no Brasil é causa de 80% das doenças e de 65% das internações hospitalares, implicando gastos de US$ 2,5 bilhões. Estima-se que para cada R$ 1,00 investido em saneamento ocorra uma economia de R$ 5,00 em serviços de saúde. (MMA/IDEC, 2002, p. 19);

Tabela 2.8 Patamares específicos de estresse hídrico

Volume disponível per capita (m³/habitante/ano)	Situação
> 1.700	Só ocasionalmente tenderá a sofrer problemas de falta d'água;
1.000 a 1.700	O estresse hídrico é periódico e regular;
500 a 1.000	A região está sob o regime de crônica escassez de água – Nesses níveis, a limitação na disponibilidade começa a afetar o desenvolvimento econômico, o bem-estar e a saúde;
< 500	Considera-se que a situação corresponde à escassez absoluta;

Fonte: Setti et al. (2001, p. 71)

De acordo com a ONU, entre 1,2 e 2 bilhões de pessoas no mundo não têm acesso à água potável, e 2,4 bilhões não têm sistemas higiênicos e sanitários;

As projeções da ONU indicam que se a tendência continuar, em 2050 mais de 45% da população mundial estarão vivendo em países que não poderão garantir a cota mínima de 50 litros/habitante/dia para as necessidades básicas. (MMA/IDEC, 2002, p. 14).

Tabela 2.9 Consumo doméstico de água por atividades

Atividades	Quantidade (em litros)
Descarga no vaso sanitário tradicional	10 a 16
Minuto no chuveiro	15 (de 6 a 25)
Lavar roupa em tanque	150 a 279 (por 15 min.)
Lavar as mãos	3 a 5
Lavar roupa com máquina de lavar	135 a 150
Lavar louça em lava-louças	20 a 25
Escovar os dentes com a água correndo	11
Lavagem do automóvel com mangueira	100

Fonte: MMA (2004, p. 10); MMA/IDEC (2002, p. 24)

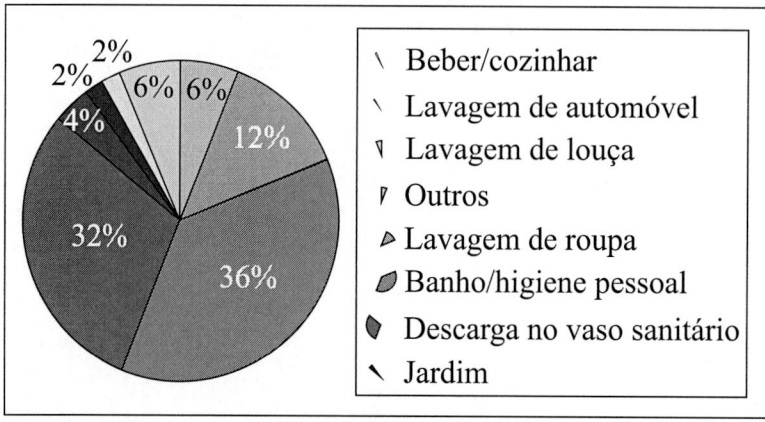

Adaptado de: http://oea.psico.ufrgs.br/aguas/08/08.html# (acesso em ago. 2011)

Figura 2.4 Uso doméstico da água

2.1 OCORRÊNCIA E DEMANDAS

No Brasil ainda prevalece a ideia de um país especialmente abençoado com enorme quantidade de água, o que geralmente camufla realidades de escassez relativa e absoluta. A situação do país quanto à disponibilidade hídrica é muito positiva, já que ele detém 13,8%, ou 5.744 km³/ano (BASSOI; GUAZELLI, 2004, p. 55) do deflúvio mundial (parcela das águas que escoam pelos rios), mas ao mesmo tempo, e em razão desses mesmos números, desenvolveu-se negativamente a crença na fartura inesgotável. O fato é que a água no país é irregularmente distribuída, em geral numa circunstância inversamente proporcional à concentração demográfica e, assim, à sua demanda.

Cerca de 70% desse volume estão localizados na região amazônica (3.845,5 Km³/ano), que abriga somente cerca de 7% da população (Figura 2.5), enquanto isso se registra escassez, absoluta e relativa, noutras áreas, sobretudo em partes da região Nordeste e em grandes centros urbanos, como Rio de Janeiro e São Paulo – que há tempos se sustentam com a transposição de águas de outras bacias.

A pressão sobre os recursos hídricos decorre do aumento generalizado de sua demanda, e deve-se a alguns fatores em especial:

1) Aumento da população: em 1950 a população mundial era de 2,5 bilhões de pessoas, passou a 6,0 bilhões em 2000 e deverá chegar a 9,0 bilhões em 2050;

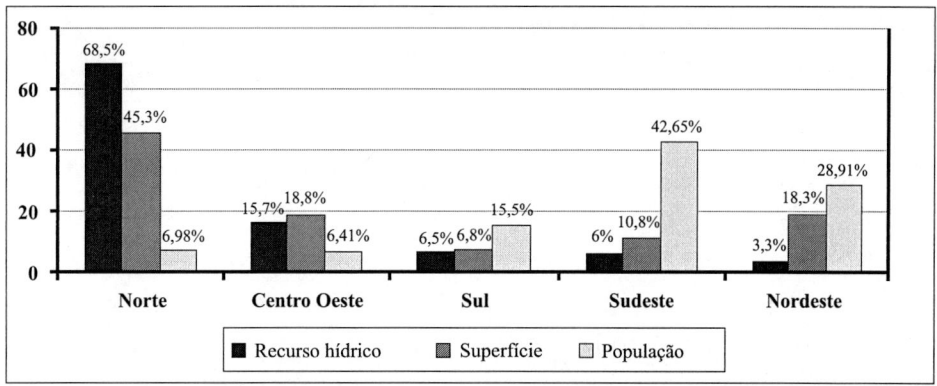

Adaptado de: MMA/IDEC (2002)

Figura 2.5 Distribuição da água no Brasil por regiões

2) Crescimento do processo de urbanização e da concentração da população em algumas grandes cidades: o ano 2000 assinala o marco em que a maior parte da população do planeta passou a viver em cidades, seguindo novas formas de organização e ocupação do espaço urbano (conurbação, metrópoles, megalópoles etc.). Passamos a contar com cidades gigantescas, a maioria delas localizada em países pobres.

Nas últimas três décadas do século passado (prolongando-se neste século), o Brasil experimentou novas situações no campo do desenvolvimento econômico. O crescimento demográfico, industrial e a urbanização rápida e concentrada geraram maiores demanda e consumo de recursos naturais, ao mesmo tempo em que se processou um aumento na geração de efluentes e subprodutos (lixo, esgotos, efluentes industriais etc.). Nesse contexto ocorreu um óbvio aumento da demanda por recursos hídricos de modo a suprir uma variedade e grandeza de utilizações que até então não se conhecia no país. O crescimento da população, sobretudo da concentração urbana (como exemplificado pela cidade de São Paulo na Tabela 2.10) e o aumento do consumo per capita impuseram uma nova realidade e também a necessidade de novos arranjos, de forma a melhor administrar os recursos hídricos. Como observado por Mendes (1991, p. 53), "à medida que o Brasil se desenvolve, mais intenso é o uso dos recursos hídricos, maior o potencial de conflito entre usos e maiores os riscos de degradação da qualidade dos corpos d'água".

Tabela 2.10 Evolução demográfica do município de São Paulo

CENSOS	1872	1900	2010
Habitantes	31.385 (*)	239.820 (*)	11.253.503 (**)

Fonte: (*) Ross (1995, p. 426); (**) Censo Demográfico IBGE/2010

3) Aumento do consumo per capita e por outros usos (como o industrial, por exemplo): Macedo (2000, p. 02) apresenta dados que ilustram bem a trajetória de aumento do consumo de água pela sociedade ao longo do tempo.

Tabela 2.11 Evolução do consumo per capita de água pela sociedade

Períodos	Consumo em litros/habitante/dia
100 a.C.	12
Romanos	20
Século XIX (cidades pequenas)	40
Século XIX (cidades grandes)	60
Século XX	800

Fonte: Macedo (2000, p. 02)

Na Itália, potência econômica mundial, cerca de 70% da população das regiões meridionais não têm acesso regular à água potável em quantidade suficiente. Num outro extremo, um exemplo de uso excessivo da água com fins domésticos é a Califórnia, região de predominância desértica, onde se registra um consumo diário per capita de 4 mil litros – o mais elevado do mundo – em razão da manutenção de jardins privados e das 560 mil piscinas (para uma população de 28 milhões de habitantes), cuja alimentação exigiu a construção de 40 lagos artificiais nas montanhas de Nevada. O consumo diário per capita é, nos Estados Unidos, de cerca de 600 litros e na Europa Ocidental, em torno de 200 (PETRELLA, 2004); enquanto isso, alguns países africanos apresentam consumo médio inferior a 15 litros/habitante/dia. Veja alguns dados expressivos apresentados a seguir.

Tabela 2.12 Reserva de água doce por pessoa no mundo

Anos	Quantidade
1950	16,8 mil m^3
1998	7,3 mil m^3
2018 (projeção)	4,8 mil m^3

Fonte: MMA (2004, p. 15)

Tabela 2.13 Países com mais água per capita (em m^3)

Países	Disponibilidade de água (m^3)
Guiana Francesa	812.121
Islândia	609.319
Guiana	316.689
Suriname	292.566
Congo	275.679
Papua Nova Guiné	166.563
Gabão	133.333
Ilhas Salomão	100.000
Canadá	94.353
Nova Zelândia	86.554
Brasil (23º)	50.810

Fonte: Urban (2004, p. 99)

Tabela 2.14 Países com menos água per capita (em m^3)

Países	Disponibilidade de água (m^3)
Kuwait	10
Faixa de Gaza (Palestina)	52
Emirados Árabes Unidos	58
Bahamas	66
Qatar	94
Maldivas	103
Líbia	113
Arábia Saudita	118
Malta	129
Cingapura	149
Jordânia	179

Fonte: Urban (2004, p. 99); Tundisi (2003, p. 17)

Tabela 2.15 Disponibilidade de água doce

Blocos	População em milhões (estimativa para 2000)	%	Disponibilidade (per capita/m³/ano)
África	790	13	3.966
América Latina	508	8	24.973
Ásia	3.678	61	4.050
OCDE	1.061	18	11.196
Mundo	6.037	100	7.055

Fonte: Urban (2004, p. 101)

Nove países dividem cerca de 60% das fontes renováveis de água doce do mundo. São, em ordem de quantidade hídrica, em bilhões de m³: Brasil (6.220), Rússia (4.059), Estados Unidos (3.760), Canadá (3.290), China (2.800), Indonésia (2.530), Índia (1.850), Colômbia (1.200), Peru (1.100). Já os grandes consumidores de água (somando todos os seus usos), em km³/ano, são: Índia (552), China (500), Estados Unidos (467), União Europeia (245), Paquistão (242), Rússia (136).

2.2 CONSUMO E PERDAS

A água é um recurso também indispensável, de maneira direta e/ou indireta, à produção de quase todos os bens e produtos consumidos diariamente. A maior parte das indústrias utiliza em seu processo produtivo grandes quantidades de água. A utilização da água nos processos industriais varia desde a sua incorporação nos próprios produtos até a lavagem de materiais, equipamentos e instalações, assim como a utilização em sistemas de refrigeração e geração de vapor. Dessa forma, toda a sequência do processo produtivo consome volumes inacreditáveis de água. Veja alguns exemplos a seguir.

Tabela 2.16 Quantidade de água necessária para produzir alguns bens

Para obter...	Gastos com água (em litros)
1 automóvel	400.000
1 Kg de arroz	De 1.910 a 4.500
1 Kg de trigo	1.500
1 Kg de aço	300
1 Kg de papel	250
1 Kg de pão	150
1 Kg de batata	150
1 Kg de cereal	1.500
1 Kg de carne de vaca	15.000 a 20.000
1 Kg de verdura	1.000
1 barril de petróleo refinado	290.000
1 Kg de tecido	1.000
1 Kg de frango	3.500

Fonte: Urban (2004, p. 105); MMA (2004, p. 10); MMA/IDEC (2002, p. 20); Macedo (2000, p. 03); Pournelle (1978, p. 23)

Aliado ao grande consumo ocorre um elevado índice de perdas e desperdícios. Mesmo nos países desenvolvidos, as perdas de água na rede de distribuição chegam a níveis elevados, seja devido à antiguidade das infra-estruturas, à precária manutenção ou às retiradas abusivas, o que segundo a ONU implica num custo anual de US$ 10 bilhões. "A Europa tem índices de perda em torno de 10%, Cingapura, cerca de 6%." (URBAN, 2004, p. 107). O Brasil registra elevado desperdício: entre 20% e 60% da água tratada para consumo se perdem na distribuição, dependendo das condições de conservação das redes de abastecimento (MMA/IDEC, 2002, p. 16).

Estudos realizados por um grupo de pesquisadores da Coordenação de Pós-Graduação e Pesquisa em Engenharia (COPPE) da Universidade Federal do Rio de Janeiro apontam perdas de 46% da água coletada, num total de 5,8 bilhões de metros cúbicos por ano. Esse volume seria suficiente para abastecer a França, a Suíça, a Bélgica e o norte da Itália por igual período (URBAN, 2004, p. 107).

Em Juiz de Fora/MG, por exemplo, segundo dados da própria CESAMA (companhia municipal responsável pelos serviços de abastecimento público)

– veiculados na imprensa local (jornal *Tribuna de Minas*, de 01/06/1997) –, as perdas equivalem a cerca de 40% da água produzida. As causas principais são os constantes vazamentos (característicos das antigas tubulações que servem à rede pública), os gastos desnecessários (ou secundários) da população e o tradicional mau hábito do desperdício.

Em entrevista concedida ao repórter André Trigueiro para o programa Almanaque do canal Globo News, em dezembro de 2004, Hélio Mattar, diretor do Instituto Akatu, dá um bom exemplo do desperdício de água no Brasil. Segundo ele, se cada um dos mais de 17 milhões de moradores da Região Metropolitana de São Paulo fechasse a torneira somente enquanto escova os dentes, todos os dias seria economizado o equivalente a 9 minutos das águas que caem pelas cataratas do Iguaçu.

capítulo 3

Ciclo hidrológico

Branco (1993, p. 26) apresenta os assuntos relacionados à água de maneira muito interessante. De onde vêm as águas dos rios? Como podem elas correr continuamente em direção ao mar sem se esgotar? Por que as águas dos rios são doces e as do mar, salgadas? Por que variam os volumes das águas dos rios nas diferentes estações do ano? Estas são algumas questões que vêm intrigando a compreensão dos homens, desde o início de sua existência na Terra. Milhares de anos se passaram até que o homem entendesse que a água desenvolve um ciclo por todo o planeta.

A água pode ser encontrada no estado sólido, líquido e/ou gasoso. Está presente na atmosfera, na superfície da Terra, no subsolo e nos oceanos, mares e lagos. Em sua constante movimentação, configura o chamado *ciclo da água* ou *ciclo hidrológico*. Ela muda de estado físico e de posição em relação à Terra, ao percorrer as principais etapas desse ciclo (evaporação, precipitação, escoamento superficial e subterrâneo), promovendo assim a renovação da água no planeta. É esquematicamente simples, mas, na realidade é um processo extremamente complexo e abrangente.

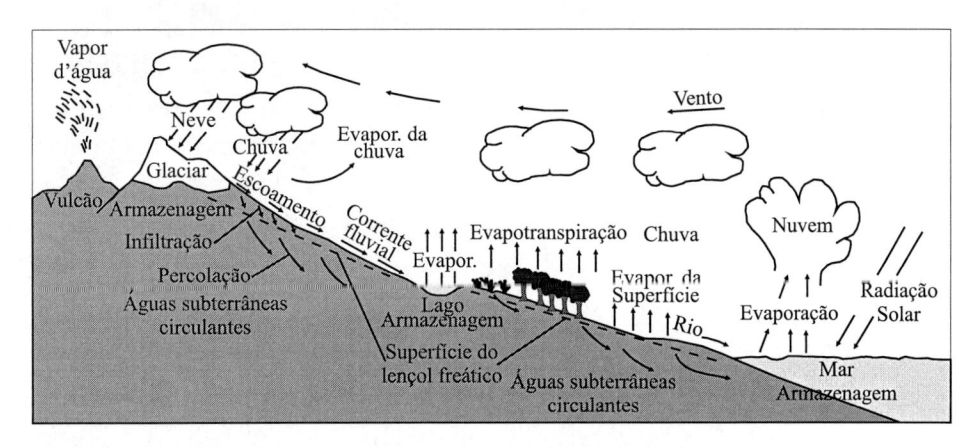

Adaptado de: Torres e Machado (2011)

Figura 3.1   O ciclo hidrológico

As águas na natureza se movimentam, circulam e se transformam no interior das três principais unidades que compõem o planeta: a atmosfera (camada gasosa que circunda a Terra), a hidrosfera (formada pelas águas oceânicas e continentais) e a litosfera (crosta terrestre), formando um ciclo contínuo. (COSTA; TEUBER, 2001).

De maneira resumida, pode-se descrever o ciclo hidrológico da seguinte forma e com as seguintes etapas principais:

1) Evaporação: é a passagem da água do estado líquido para o estado de vapor. Em razão da energia incidente recebida do sol ocorre a evaporação das águas dos rios, mares, lagos etc. e a transpiração da biomassa, ou seja, das plantas e dos demais seres vivos. Todo esse conjunto de processos é chamado de evapotranspiração. Para que haja evaporação, dois agentes são fundamentais: água para ser evaporada e temperatura (calor) para promover a passagem da água do estado líquido para o gasoso.

2) Condensação: é o processo pelo qual o vapor d'água contido no ar atmosférico é novamente transformado em água líquida. O início do processo de condensação é visualizado pela formação de uma nuvem no céu. A condensação do vapor d'água no interior de uma massa de ar tem início quando esta atinge a saturação. Na verdade, a saturação acarreta uma diminuição da capacidade de retenção de vapor d'água.

A condensação resulta normalmente (mas não unicamente) do resfriamento do ar úmido, isto é, do ar que contém vapor d'água. Assim, quanto menor for a temperatura, menor será a quantidade de água necessária para saturar o ar. A condensação pode também resultar do aumento do vapor d'água, ou ainda do encontro com outra massa de ar de temperatura menor.

Tendo atingido o nível de condensação, a nuvem formada é constituída de gotículas de água que, pelas suas pequenas dimensões, permanecem em suspensão na atmosfera. Cada gotícula fica sujeita à força gravitacional, ao empuxo e à ação das correntes ascendentes de ar. Enquanto predominam as forças ascendentes sobre a força gravitacional, as gotículas se elevam na atmosfera. Quando a componente gravitacional predomina, as gotículas descendem na atmosfera, dando origem à precipitação. (TUBELIS; NASCIMENTO, 1984, p. 198-9).

3) Precipitação: é o processo pelo qual a água condensada na atmosfera atinge a superfície terrestre. "Quando as partículas d'água, de que são compostas as nuvens, se condensam mais vigorosamente, avolumam-se e, perdendo o apoio da atmosfera, caem sobre a terra" (MINISTÉRIO DA AGRICULTURA, 1969, p. 73).

4) Interceptação: porção significativa da precipitação não chega a atingir a superfície terrestre, pois parte se evapora durante a queda e outra parcela fica retida pela copa da vegetação, num processo chamado de interceptação, cuja eficiência varia segundo as espécies e a densidade da vegetação. Então, a água se evapora novamente, dando continuidade ao ciclo. A interceptação impede o contato direto das gotas com a superfície do solo, diminuindo assim a ação desagregadora das chuvas e as perdas de solo por erosão.

5) Infiltração: é a parcela da precipitação que se infiltra no terreno através dos vazios do solo, por percolação, contribuindo para as águas subterrâneas dos lençóis superficiais e para as camadas mais profundas. Com a infiltração ocorre a recarga das reservas freáticas. Branco (1993, p. 30) explica que parte da água infiltrada vai localizar-se a pequena profundidade, encharcando as areias ou argilas da superfície, constituindo o chamado lençol freático. É a água que conseguimos captar em poços relativamente rasos, com poucos metros de profundidade. Outra parte consegue penetrar lentamente a maiores profundidades (centenas de metros), passando por rochas muito duras e localizando-se em areias ou argilas situadas abaixo delas. Tais águas são obtidas em poços profundos, em geral de boa qualidade.

6) Escoamentos: quando a intensidade da precipitação excede a capacidade de infiltração do solo, ocorre o escoamento superficial. Ou seja, essa é a parcela da água das chuvas que flui sobre os terrenos, sob a ação da gravidade, buscando os córregos, rios, lagos ou o oceano. Nesse trajeto podem ocorrer infiltração e evaporação de parte dessa água. O escoamento superficial promove erosão e transporte de sedimentos. Já o escoamento subterrâneo, bem mais lento que o superficial, "ocorre através dos interstícios do solo totalmente encharcado, com direção predominantemente horizontal, onde prevalecem

as forças de gravidade e pressão. Tal escoamento se dá na direção dos pontos mais baixos ou de menor potencial e, desta forma, retornam suas águas aos corpos hídricos" (COSTA; TEUBER, 2001, p. 18).

Como explicado por Setti et al. (2001, p. 65), o ciclo hidrológico é responsável pelo movimento de enormes quantidades de água ao redor do mundo. Parte desse movimento é rápido, pois, em média, uma gota de água permanece aproximadamente 16 dias em um rio e cerca de 8 dias na atmosfera. Entretanto, esse tempo pode estender-se por milhares de anos para a água que atravessa lentamente um aquífero profundo. Assim, as gotas de água reciclam-se continuamente.

Tabela 3.1 Período de renovação da água em diferentes reservatórios na Terra

Reservatórios	Período médio de renovação ("tempo de residência")
Oceanos	2.500 anos
Água subterrânea	1.400 anos
Umidade do solo	1 ano
Áreas permanentemente congeladas	9.700 anos
Geleiras de montanhas	1.600 anos
Solos congelados	10.000 anos
Lagos	17 anos
Pântanos	5 anos
Rios	16 dias
Biomassa	Algumas horas
Vapor d'água na atmosfera	8 dias

Fonte: Setti et al. (2001, p. 65)

Como didaticamente explicado por Rebouças (2004, p. 20), o ciclo hidrológico numa bacia hidrográfica qualquer pode ser expresso de forma simples, pela equação seguinte: $P = Etp + R + I$, onde "**P**" representa a quantidade de chuva, neblina ou neve que cai sobre a bacia hidrográfica, expressa em mm/ano; "**Etp**" é a quantidade de água que volta à atmosfera na forma de vapor, pelos processos de evaporação e transpiração, expressa em mm/ano; "**R**" é a quantidade de água que escoa pela superfície dos terrenos e pode desaguar e fluir nos rios que formam a bacia hidrográfica, sendo ex-

Ciclo hidrológico 31

pressa em mm/ano; e "I" é a quantidade total de água que se infiltra no solo ou subsolo, fluindo invisível no meio subterrâneo e alimentando os rios que formam o sistema hidrológico durante o período sem chuvas ou constituindo sua descarga de base, sendo expressa em mm/ano.

Existem muitas estimativas – utilizadas por diferentes autores – a respeito da quantidade de água que circula no planeta. Aqui serão utilizadas as estimativas resultantes dos estudos de Igor Shiklomanov, do State Hydrological Institute de São Petersburgo, na Rússia, que de acordo com Villiers (2002, p. 53) é "uma figura formidável no mundo da água e o homem escolhido pelas Nações Unidas para fazer o inventário mundial das reservas de água".

Observa-se pelas informações da Figura 3.2 que, anualmente, cerca de 119.000Km^3 de água são precipitados sobre os continentes, dos quais aproximadamente 74.200Km^3 evapotranspiram, retornando à atmosfera em forma de vapor. 42.600Km^3 formam o escoamento superficial e 2.200Km^3 formam o escoamento subterrâneo. Assim, esses 42.600Km^3 constituem, em média, o

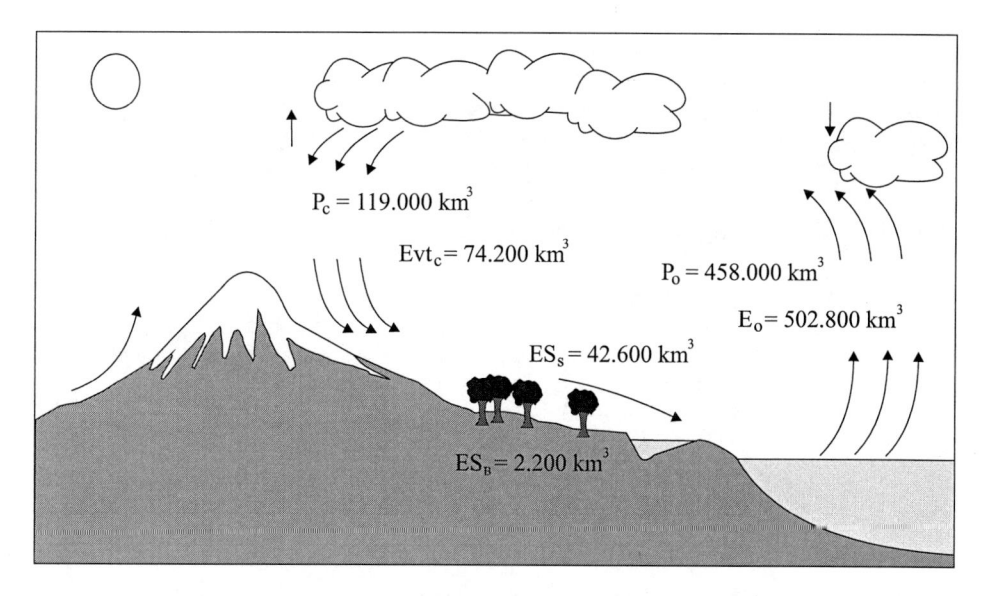

$P_c = 119.000$ km^3
$Evt_c = 74.200$ km^3
$P_o = 458.000$ km^3
$E_o = 502.800$ km^3
$ES_s = 42.600$ km^3
$ES_B = 2.200$ km^3

Figura 3.2   Ciclo hidrológico médio anual da Terra

Adaptado de: Setti et al. (2001, p. 67)

Onde: P_c (precipitação nos continentes); Evt_c (evapotranspiração nos continentes); ES_s (escoamento superficial); ES_b (escoamento básico ou subterrâneo); P_o (precipitação nos oceanos); E_o (evaporação nos oceanos).

limite máximo de renovação dos recursos hídricos em um ano. Efetuando-se o balanço dessas informações, tem-se que dos 119.000Km³/ano precipitados sobre o continente, 74.200Km³/ano (62%) retornam à atmosfera e 44.800Km³/ano (38%) escoam até os oceanos. De outro lado, nos oceanos, o volume precipitado é de 458.000Km³/ano, enquanto a evaporação é de 502.800Km³ – o que gera um excedente de vapor d'água na atmosfera de 44.800Km³/ano. Como se pode concluir, o volume de água que escoa dos continentes para os oceanos é igual ao valor que retorna dos oceanos para os continentes sob a forma de vapor d'água, fechando o ciclo (SETTI et al., 2001, p. 67-8).

Tabela 3.2 Balanço hídrico global anual

Área	Unidades	Oceano	Terra (continentes)
	Km²	361.300.000	148.800.000
Precipitação	Km³/ano	458.000	119.000
	mm/ano	1.270	800
Evaporação	Km³/ano	502.800	74.200
	mm/ano	1.400	484
Escoamento para o oceano			
Rios	Km³/ano		42.600
Escoamento subterrâneo	Km³/ano		2.200
Escoamento total	Km³/ano		44.800
	mm/ano		316

Adaptado de: Santos et al. (2001, p. 24); Setti et al. (2001, p. 67)

Tabela 3.3 Balanços hídricos continentais

Locais	Área (10⁶ Km²)	Precipitação (mm)	Precipitação (10³ Km³)	Evapotranspiração (mm)	Evapotranspiração (10³ Km³)	Deflúvio (mm)	Deflúvio (10³ Km³)
Europa	9,8	734	7,2	415	4,1	319	3,1
Ásia	45,0	726	32,7	433	19,5	293	13,2
África	30,3	686	20,8	547	16,6	139	4,2
Am. do Norte	20,7	670	13,9	383	7,9	287	6,0
Am. do Sul	17,8	1.648	29,3	1.065	19,0	583	10,3
Austrália	8,7	736	6,4	510	4,4	226	2,0
Total	132,3	834 (*)	110,3	540 (*)	71,5	294 (*)	38,8

Obs.: (*) valores médios
Fonte: Santos et al. (2001, p. 27)

3.1 CICLO DO USO DA ÁGUA

Como destacado por Setti et al. (2001, p. 66), para satisfazer a demanda de água, a humanidade tem agido e modificado substancialmente o ciclo hidrológico desde o início de sua história, construindo poços, barragens, açudes, aquedutos, sistemas de abastecimento e de drenagem, irrigação etc. Há também outras ações humanas que geram impactos no ciclo hidrológico natural, como o desmatamento, a urbanização, a crescente impermeabilização de superfícies etc.

Alguns autores, como Botelho et al. (2001) e, especialmente, Von Sperling (1996) fazem referência a outro conceito muito interessante, além do tradicional ciclo hidrológico, destacando o chamado *ciclo do uso da água*, um termo que embute a ideia da utilização (e transformação) da água pela sociedade. De acordo com este último autor, "existem ciclos internos, em que a água permanece na sua forma líquida, mas tem as suas características alteradas em virtude de sua utilização". Montanari e Strazzacappa (1999, p. 7) trabalham uma ideia similar, denominando essa circulação de *ciclo da água de abastecimento*.

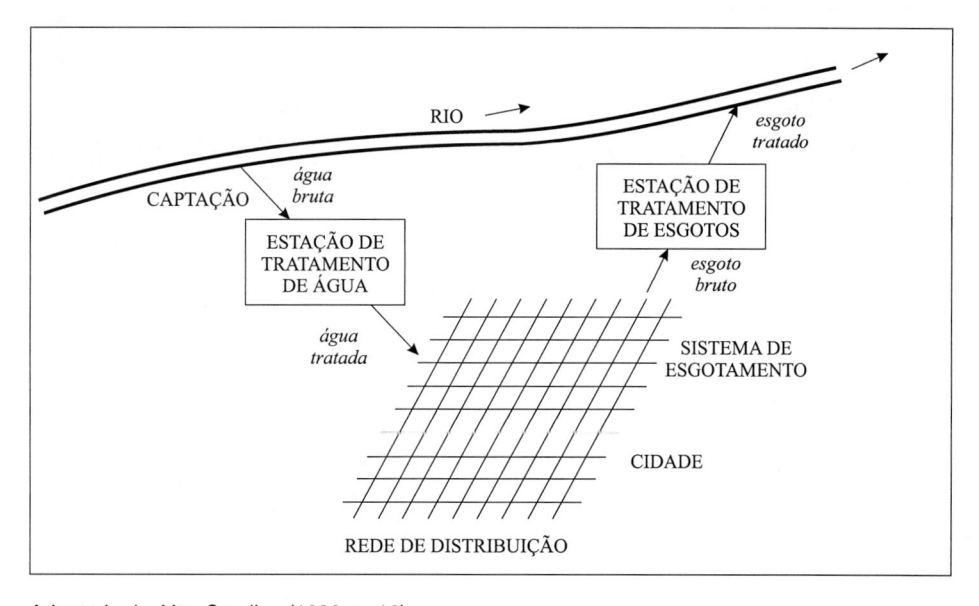

Adaptado de: Von Sperling (1996, p. 16)

Figura 3.3   Ciclo do uso da água

A Figura 3.3 exemplifica um típico *ciclo do uso da água*, no qual sua qualidade é alterada em cada uma das etapas de seu percurso de utilização.

Nesse caso a **água bruta** corresponde à água que é retirada de um manancial, que pode ser um rio, um lago, o lençol subterrâneo ou uma represa, e que possui uma determinada qualidade inicial; a **água tratada** é aquela que depois de captada sofre transformações em razão do tratamento pelo qual passa, de maneira a se adequar para atender os usos previstos, tais como o abastecimento público ou industrial, por exemplo; o **esgoto bruto** (efluente, água usada ou água servida) corresponde à água que sofreu transformações (negativas) em sua qualidade inicial após ter sido utilizada, constituindo-se num despejo líquido; o **esgoto tratado** corresponde aos despejos que sofrem um processo de tratamento, quando ocorre a remoção de alguns poluentes, antes de serem lançados no corpo d'água receptor. Nesse caso, o tratamento é responsável por mais uma alteração na qualidade da água (dessa vez positiva); no **corpo receptor** (rio, córrego etc.), o efluente tratado (ou não) sofre novas modificações em sua qualidade, em razão da diluição e/ou de mecanismos de autodepuração.

3.2 CICLO DE CONTAMINAÇÃO

De maneira similar, Tucci e Bertoni (2003) trabalham a ideia do denominado *ciclo de contaminação da água*. Como nos lembram esses autores, "nos últimos anos, estamos passando por um cenário em que valores essenciais à nossa vida, que somente damos a devida importância quando nos faltam, como a água e a luz, podem estar em risco de suprimento por um tempo maior do que estamos acostumados a suportar" – o que se deve, essencialmente, às várias ações negativas da sociedade, especialmente (mas não unicamente) aquelas desencadeadas nos centros urbanos.

O aumento do processo de urbanização, o uso de produtos químicos na agricultura e o processo industrial de forma geral têm dado origem a uma grande quantidade e diversidade de efluentes (esgotos domésticos, cloacais, industriais e pluviais) que retornam, geralmente sem tratamento, para os corpos d'água receptores, constituindo o chamado ciclo de contaminação da água.

Essas importantes (e negativas) modificações promovidas pelo homem no ciclo hidrológico natural podem levar ao que Tucci e Bertoni (2003, p. 12) qualificam como *escassez qualitativa*.

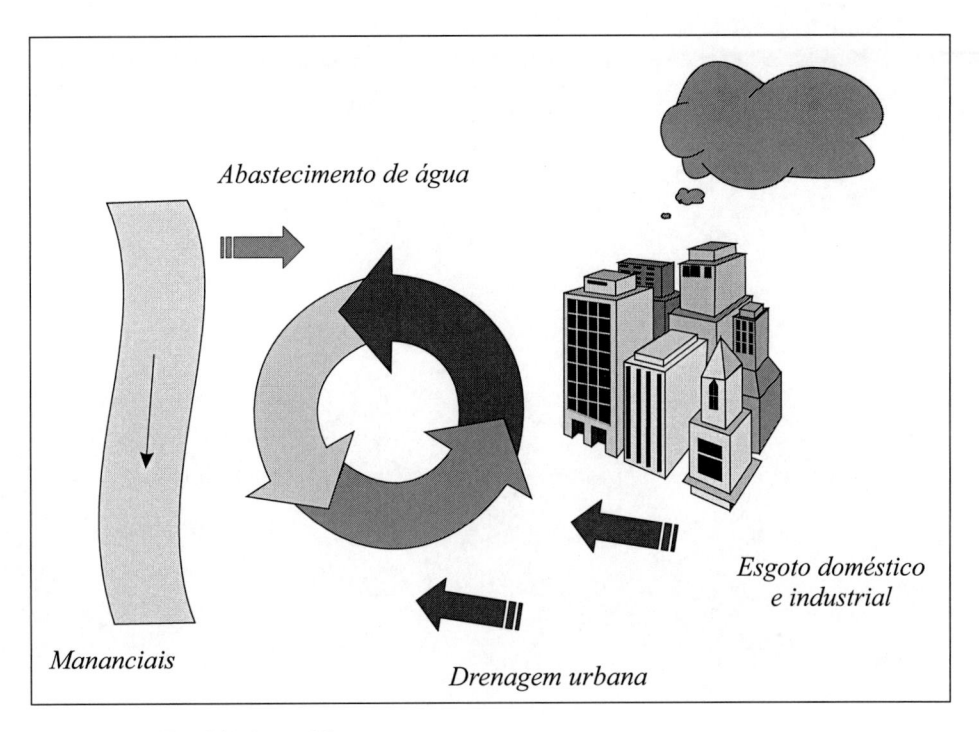

Adaptado de: Tucci (2002, p. 13)

Figura 3.4 Ciclo de contaminação da água

capítulo 4

Bacia hidrográfica

Com a importância alcançada pelo recurso água em nossa sociedade industrial moderna, tornou-se notável, sobretudo nas últimas três décadas, o substancial incremento de estudos relativos aos recursos hídricos, bem como a eleição da bacia hidrográfica como unidade territorial preferencial destes estudos, o que a tem tornado referência espacial destacada, subsidiando tanto o planejamento ambiental e territorial quanto fundamentando boa parte da legislação ambiental no Brasil e em muitos países.

A bacia hidrográfica tem sido adotada em muitos países, como França, Espanha, Países Baixos e Reino Unido, como a unidade físico-territorial básica para uma série de intervenções, especialmente as relativas à gestão dos recursos hídricos. Seu conceito "tem sido cada vez mais expandido e utilizado como unidade de gestão da paisagem na área de planejamento ambiental" (PIRES, SANTOS; DEL PRETTE, 2002, p. 17).

É inegável a grande convergência de inúmeras áreas de pesquisa (ecologia, geografia, engenharia sanitária e ambiental etc.) na definição da bacia hidrográfica como unidade de estudo, gerenciamento, pesquisa, análise, planejamento, intervenção, gestão, desenvolvimento, manejo e/ou banco de dados.

A adoção do conceito de bacia hidrográfica como unidade de gestão territorial estendeu as barreiras políticas tradicionais (municípios, estados, países) para uma unidade física de gerenciamento, planejamento e desenvolvimento econômico e social (TUNDISI, 2003, p. 108). Nas palavras de Botelho e Silva (2007, p. 156) "os limites das cercas foram, então, substituídos pelos limites naturais, representados pelos divisores de águas".

Por ser uma das unidades territoriais mais adotadas nos estudos ambientais e por constituir-se em unidade legalmente instituída, como destacam Teodoro et al. (2007, p. 138), "é de grande importância para gestores e pesquisadores a compreensão do conceito de bacia hidrográfica e de suas subdivisões". Embora exista uma grande semelhança entre os vários conceitos adotados para bacia hidrográfica, o mesmo não ocorre quanto à definição de suas subdivisões, sub-bacia e microbacia, quando aparecem "abordagens diferentes tocando fatores que vão do físico ao ecológico" (TEODORO et al., 2007, p. 138), carecendo ainda de maior convergência conceitual.

A geografia, especialmente a geografia física, está familiarizada com a bacia hidrográfica como unidade espacial desde o final da década de 1960, quando Chorley, em 1969, escreve seu célebre artigo sobre a bacia como unidade geomórfica fundamental (BOTELHO e SILVA, 2007). Antes, porém, grande contribuição foi dada pelos trabalhos de Horton (em 1945) e Strahler (em 1952), citados por Christofoletti (1980, p. 106) e Bormann e Likens (em 1967) que, de acordo com Oliveira (2002, p. 128), "estão entre os pioneiros em considerar a bacia hidrográfica como uma unidade ecossistêmica básica".

Também chamada bacia fluvial ou bacia de drenagem, uma bacia hidrográfica é uma região hidrológica que pode ser definida como "uma área da superfície terrestre que drena água, sedimentos e materiais dissolvidos para uma saída comum, num determinado ponto de um canal fluvial" (COELHO NETTO, 2007, p. 97). Sua conceituação varia desde a simplista definição de uma área drenada por um rio principal e seus afluentes até conceituações mais precisas e detalhadas, segundo uma abordagem sistêmica. Rodrigues e Adami (2005, p. 147-8), por exemplo, discutem mais profundamente seu conceito, definindo-o como um sistema que compreende um volume de materiais, predominantemente sólidos e líquidos, próximo à superfície terrestre, delimitado interna e externamente por todos os processos que, a partir do fornecimento de água pela atmosfera, interferem no fluxo de matéria e de energia de um rio ou de uma rede de canais fluviais.

Para Silveira (1993), "a bacia hidrográfica compõe-se basicamente de um conjunto de superfícies vertentes e de uma rede de drenagem formada por cursos d'água que confluem até resultar um leito único no exutório". Desta forma, complementa Guerra (1980, p. 48), a noção de bacia hidrográfica obriga naturalmente a existência de cabeceiras ou nascentes, divisores de água, cursos d'água principais, afluentes, subafluentes etc., como apresentado na figura a seguir.

Bacia hidrográfica 41

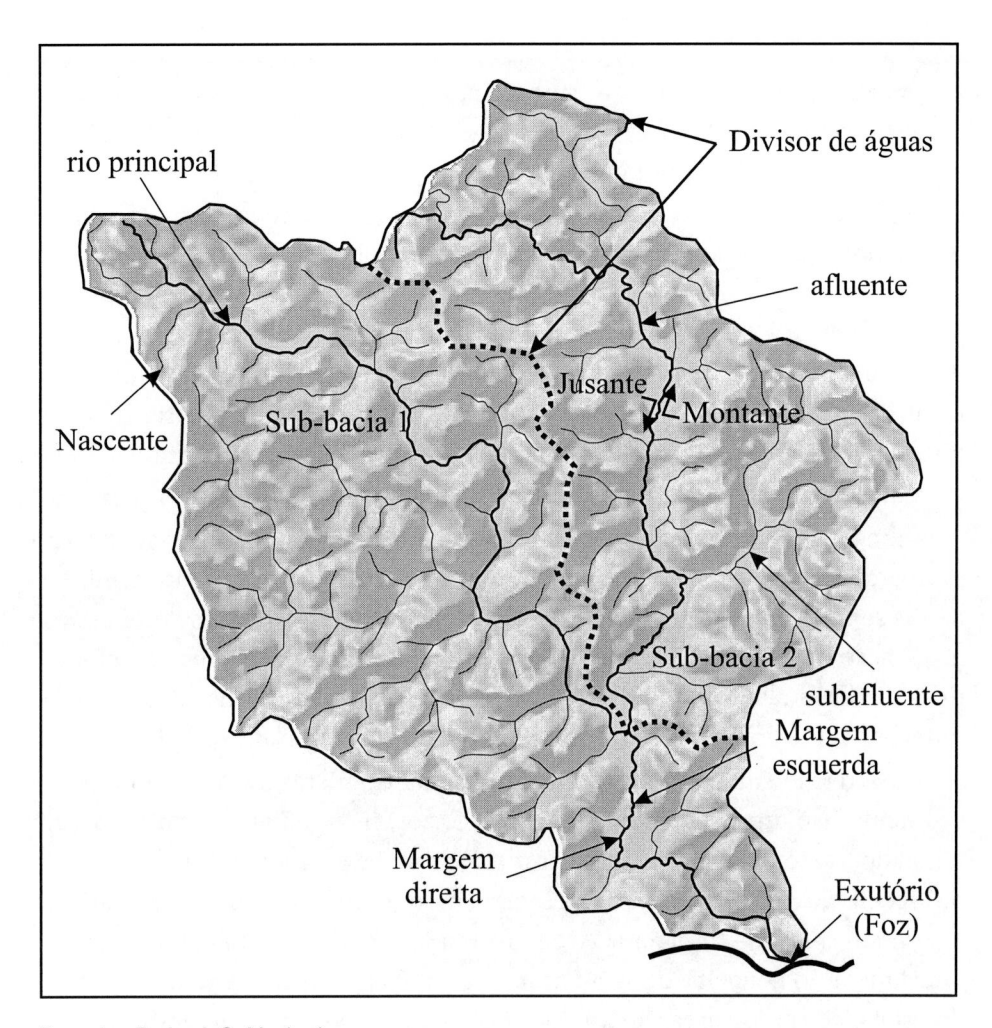

Desenho: Pedro J. O. Machado

Figura 4.1 Principais elementos de uma bacia hidrográfica

Rocha e Kurtz (2001, p. 10) definem bacia hidrográfica como a área delimitada por um divisor de águas que drena as águas de chuvas por ravinas, canais e tributários para um curso principal, com vazão efluente, convergindo para uma única saída e desaguando diretamente no mar ou em um grande lago.

As bacias hidrográficas variam muito de tamanho, desde a pequena bacia de um córrego de 1ª ordem até a enorme Bacia Amazônica, com milhões de km² e, por esta razão, os estudos e intervenções visando ao planejamento e à gestão adotam diferentes áreas de abrangência, resultantes de subdivisões da unidade principal. Aparecem como derivações, usualmente, os termos *sub-bacia* e *microbacia* (e também *minibacias* e *bacias de cabeceira*). A designação microbacia expressa uma ideia de tamanho, de dimensão, difícil de estabelecer, constituindo, de acordo com Fernandes (1996, p. 4) "uma denominação empírica, imprópria e subjetiva", embora alguns autores proponham limitações de área às microbacias. Para Lima (1996, p. 56) "o conceito de microbacia é meio vago [...] porque não há um limite de tamanho para a sua caracterização". Botelho e Silva (2007) observam que há certa resistência, especialmente por parte dos geógrafos, em adotar a microbacia como unidade de análise, optando-se, em geral, pelo termo sub-bacia, o que ocorre, além da histórica relação da Geografia com o uso do termo bacia hidrográfica, pela falta de consenso sobre sua definição, principalmente quanto à sua dimensão.

Lima (1996, p. 56) argumenta que do ponto de vista hidrológico, bacias hidrográficas "são classificadas em grandes e pequenas não apenas com base na sua superfície total, mas também nos efeitos de certos fatores dominantes na geração do deflúvio". Assim, as microbacias apresentam como características distintas alta sensibilidade tanto às chuvas de alta intensidade (curta duração) como ao fator uso do solo (cobertura vegetal, por exemplo).

Já o termo sub-bacia transmite uma ideia de hierarquia, de subordinação dentro de uma determinada malha hídrica, independentemente do seu tamanho, razão pela qual parece ser mais apropriado para se estabelecer uma diferenciação por áreas de abrangência, embora também existam tentativas de classificá-la por tamanho. A Lei Federal nº 9.433, de 8/1/1997, adota oficialmente o conceito de sub-bacia, em seu Capítulo III, Artigo 37, quando estabelece como área de atuação dos comitês de bacia hidrográfica: I – a totalidade de uma bacia hidrográfica; II – sub-bacia hidrográfica de tributário do curso de água principal da bacia, ou de tributário desse tributário; ou III – grupo de bacias ou sub-bacias hidrográficas contíguas.

Usualmente, uma diferenciação entre esses conceitos é feita segundo o grau de hierarquização, de modo que a bacia hidrográfica refere-se à área de drenagem do rio principal; a sub-bacia abrange a área de drenagem de um tributário do rio principal e a microbacia abrange a área de drenagem de um tributário de um tributário do rio principal, como apresentado no esquema a seguir.

> Bacia hidrográfica (bacia do rio principal)
> ⇨ Sub-bacia (bacia de um tributário do rio principal)
> ⇨ Microbacia (bacia de um tributário de um tributário do rio principal)
> ⇨ Minibacia (subdivisão de uma microbacia)

De qualquer forma, todos os cursos d'água de uma determinada bacia vão dar, direta ou indiretamente, no rio principal do sistema, que, em geral, dá nome à bacia hidrográfica.

Existem ainda outros conceitos relacionados às subdivisões de uma bacia hidrográfica, como as minibacias e bacias de cabeceira. Segundo Rocha e Kurtz (2001, p. 11), da mesma forma que uma sub-bacia pode ser dividida em microbacias, esta pode ser dividida em minibacias e estas, por sua vez, podem ser divididas em secções, "parte da minibacia até o talvegue". As bacias de cabeceira têm seu conceito mais pautado no comportamento hidrológico do que no seu tamanho, ou seja, nelas "os fenômenos hidrológicos acontecem com maior celeridade, produzindo curvas de vazão com ascensão rápida (...)" (VALENTE e GOMES, 2005, p. 36). São, propriamente, as bacias das nascentes, que darão origem aos cursos d'água (VALENTE, 1999, p. 5).

A atual Divisão Hidrográfica Nacional, criada pela Resolução nº 32, de 15 de outubro de 2003, adotou outra unidade de regionalização das águas, instituindo as chamadas regiões hidrográficas, conceituadas como o espaço compreendido por uma bacia, grupo de bacias ou sub-bacias hidrográficas contíguas com características naturais, sociais e econômicas homogêneas ou similares, com vistas a orientar o planejamento e o gerenciamento dos recursos hídricos no país. Por essa resolução, o território nacional foi dividido em 12 regiões hidrográficas, como mostrado na Figura 4.2.

Muitas vantagens são comumente elencadas para justificar a adoção da bacia hidrográfica como unidade de estudos. Assim, é destacada a possibilidade de uma abordagem sistêmica e integrada (TUNDISI; SCHIEL, 2003, p. 3), a maior facilidade de identificação e delimitação, uma vez que ela se inscreve em limites naturais representados por seus divisores topográficos (TUNDISI, 2003; BRIGANTE; ESPÍNDOLA, 2003; DANTAS et al., 2005), e o fato de possuir "um elemento unificador, um interesse comum, um problema central, que lhe imprime irretocável caráter de unidade, a água" (NACIF et al., 2003, p. 10).

Contudo, embora muito difundida, a ideia de se fazer a gestão compartilhada das águas e da bacia de contribuição é um conceito relativamente novo e complexo, envolvendo problemas a serem ainda solucionados. Segundo Leal (2003, p. 75), "a adoção da bacia hidrográfica como recorte físico-territorial para o gerenciamento das águas apresenta limitações e, em alguns casos, precisa ser alterado ou complementado por outros recortes espaciais".

Os limites territoriais das bacias hidrográficas nem sempre coincidem com as delimitações político-administrativas tradicionais, de modo que uma mesma bacia pode abranger diferentes municípios, estados e/ou países, criando complicadores para sua gestão. A dificuldade que se apresenta "é a de compatibilizar a sua administração, uma vez que as bacias hidrográficas não se constituem em unidades político-administrativas, mas sim em áreas de superposição de jurisdição em diferentes níveis, possibilitando o surgimento de conflitos" (CHRISTOFIDIS, 2002, p. 21). Ao mesmo tempo, essa situação pode proporcionar maior integração das políticas públicas locais e/ou regionais.

Além disso, em certas situações "a delimitação completa de uma bacia hidrográfica poderá estabelecer uma unidade de intervenção demasiadamente grande para a negociação social" (LANNA, 1995, p. 63), derivando daí boa parte da gestão em sub-bacias e microbacias.

Muitos dados e informações, sobretudo socioeconômicos, como aqueles resultantes dos recenseamentos do IBGE, são obtidos segundo uma área de abrangência diferente da bacia hidrográfica, os chamados setores censitários, implicando em dificuldades na sua utilização.

Em áreas densamente urbanizadas, onde os cursos d'água se acham canalizados, torna-se difícil reconhecer e delimitar uma bacia hidrográfica. Aqui a ação da sociedade é intensa e expressiva ao ponto de modificar os divisores de água, como ilustrado por Drew (1986, p. 124) quando afirma que "a escavadeira mecânica tornou-se um agente geomórfico".

Caubet e Frank (1993, p. 30) alertam para o fato de que "escolher a bacia hidrográfica como unidade de referência não exime de considerar as relações que existem entre microbacias, sub-bacias e bacias completas". Um bom exemplo é dado pelo aporte de água que alimenta a seção de saída da bacia. As águas que atingem a seção de um curso d'água poderão provir, além do escoamento superficial, também do escoamento subterrâneo, e este pode ter tido origem em bacias vizinhas.

Adaptado de: Anexo I da Resolução nº 32, de 15 de outubro de 2003

Figura 4.2 Regiões hidrográficas brasileiras

Existe também um problema adicional com relação à utilização da unidade bacia hidrográfica. Em geral, as pessoas possuem maior clareza em relação a outras unidades, tais como cidades, bairros etc., mas, como constatou Palavizini (2006, p. 204), num trabalho realizado em diferentes comunidades, "a construção da percepção de outras unidades, como uma bacia hidrográfica, um parque nacional ou uma APA, extrapola sua escala de compreensão". Esse problema é tanto mais acentuado e complexo quanto maior a escala, quando é exigida maior abstração. É difícil imaginar, por exemplo, mesmo para os moradores da capital mineira, que Belo Horizonte seja a maior cidade da bacia hidrográfica do rio São Francisco.

Há que se considerar ainda que os fluxos econômicos e as dinâmicas populacionais não se circunscrevem à área de uma ou outra bacia hidrográfica. Como apresentado por Nascimento e Carvalho (2005), "uma bacia hidrográfica, embora constituída de um sistema natural complexo, não é um sistema ambiental único. Por isso, é necessário considerar as questões socioeconômicas regionais que, na maioria dos casos, não respeitam os limites dos divisores de água". Há uma complexa rede de relações sociais, econômicas, culturais etc. para dentro e para fora da bacia, que se manifestam de forma mais ou menos desorganizada e muitas vezes com interesses contraditórios (SILVA, 1994). Isso não implica em descaracterizá-la como unidade territorial, desde que se tenha clara a ideia de que existem inúmeras relações (ambientais, sociais, econômicas e políticas) que se processam de forma externa à bacia.

4.1 CÁLCULOS E ANÁLISES MORFOMÉTRICAS DE BACIAS HIDROGRÁFICAS

O estudo detalhado de uma bacia hidrográfica, seja de suas características físicas, de seus modelos de parcelamento, uso e ocupação do solo ou de suas características sociais e econômicas, é fundamental para que se proceda à utilização e ao manejo mais adequado de seus recursos, especialmente os hídricos.

Para tanto, é necessário que se conheça de forma mais específica a dinâmica própria daquela bacia, buscando entender as interações que ocorrem entre os seus vários elementos, envolvendo, entre outros, a dinâmica das drenagens superficiais, os elementos da topografia local, as características físicas e as intervenções da sociedade.

Processos erosivos e inundações, por exemplo, são fenômenos naturais que podem ser significativamente alterados – geralmente intensificados de forma negativa – pela ação humana, o que os torna veículos causadores de grandes prejuízos humanos e econômicos à sociedade. A erosão, intensificada pelo mau uso do solo e/ou pela ausência de práticas conservacionistas pode acarretar desde a substancial perda de solo agricultável até os efeitos negativos do assoreamento dos corpos d'água. A inundação, fenômeno de natureza hidrometeorológica que causa grandes prejuízos humanos e econômicos, tem sido intensificada "pelas alterações ambientais e intervenções urbanas produzidas pelo homem, como a impermeabilização do solo, retificação dos cursos d'água e redução no escoamento dos canais devido a obras ou por assoreamento" (IPT, 2006, p. 77).

Pode-se dizer que os processos erosivos e as inundações têm, assim, causas naturais e sociais. Parte dessas causas naturais pode ser mais bem entendida com o estudo mais detalhado das características próprias das bacias hidrográficas e, para tal, um dos recursos comumente utilizados tem sido a análise morfométrica, que consiste na caracterização de parâmetros morfológicos que explicitam alguns indicadores físicos da bacia.

A análise morfométrica abrange um grande número de parâmetros que permitem melhor caracterizar o ambiente de uma bacia, sua predisposição à ocorrência de alguns eventos e sua incompatibilidade com certas atividades humanas e/ou com alguns modelos de uso e ocupação do solo. Muitos desses parâmetros têm sido utilizados como indicadores da deterioração ambiental ao qual determinada bacia está exposta e, assim, seu estudo permite melhor avaliar sua suscetibilidade à ocorrência de eventos ligados aos processos erosivos e às inundações, por exemplo. Essa vulnerabilidade ambiental pode ser compreendida "como o risco de degradação do ambiente natural, relacionada à erosão do solo, perda de biodiversidade, assoreamento, contaminação do recurso solo-água etc." (COSTA et al., 2007, p. 2493).

Levantar parâmetros morfométricos de várias bacias hidrográficas de uma mesma região (ou de sub-bacias de uma bacia) permite identificar aquelas que apresentam maior vulnerabilidade ambiental, ou seja, aquelas que são mais suscetíveis à ocorrência de processos relativos à erosão do solo e às inundações, por exemplo, e isso permite orientar o uso mais racional e menos impactante a ser desenvolvido em tais áreas. Lindner, Gomig e Kobiyama (2007, p. 3405) acentuam que "para a elaboração de projetos de prevenção e defesa contra eventos hidrológicos como estiagens e enchentes, que ocorrem na bacia hidrográfica, os índices morfométricos e a classificação do solo são importantes pressupostos".

Contudo, deve-se ter claro que a utilização da análise morfométrica no estudo de bacias hidrográficas não se constitui num fim, mas num meio complementar para explicar as interações que ocorrem entre todos os elementos da paisagem.

De forma simplificada, e de acordo com Rodrigues e Adami (2005, p. 150), pode-se dizer que a maior parte dos estudos de bacias hidrográficas refere-se aos aspectos hidrodinâmicos (vazão, velocidade do fluxo, precipitação, escoamento superficial etc.) e morfométricos (cálculos e análises). As análises morfométricas das bacias hidrográficas foram diferenciadas, segundo Christofoletti (1980), em análise linear, análise areal, análise hipsométrica e análise topológica.

4.1.1 Classificação geral dos cursos d'água e padrões de drenagem

A drenagem fluvial é composta por um conjunto de canais de escoamento inter-relacionados. O conhecimento mais detalhado do sistema de drenagem é de grande importância para o estudo de uma bacia hidrográfica.

De maneira geral, os cursos d'água podem ser classificados em três tipos principais.

a) **Perenes** – esses cursos contêm água durante todo o tempo; o lençol subterrâneo mantém uma alimentação contínua e não desce nunca abaixo do leito do curso d'água, mesmo durante as secas mais severas;

b) **Intermitentes** – esses cursos d'água, em geral, escoam durante as estações de chuvas e secam nas de estiagem. Durante as estações chuvosas, o lençol d'água subterrâneo conserva-se acima do leito fluvial alimentando o curso d'água, o que não ocorre na época da estiagem, quando o lençol freático se encontra em um nível inferior ao leito. Nessa época o escoamento cessa ou ocorre somente durante – ou imediatamente após – as precipitações;

c) **Efêmeros ou temporários** – esses cursos d'água existem apenas durante ou imediatamente após os períodos de precipitação e só transportam escoamento superficial. A superfície freática encontra-se sempre num nível inferior ao do leito fluvial, não havendo, portanto, a possibilidade de escoamento de deflúvio subterrâneo.

A rede hidrográfica responsável pela drenagem de uma bacia apresenta configurações ou arranjos espaciais dos canais fluviais que refletem a estrutura geológica e a evolução morfogenética da região. Essas configurações

Figura 4.3 Corte transversal de uma bacia

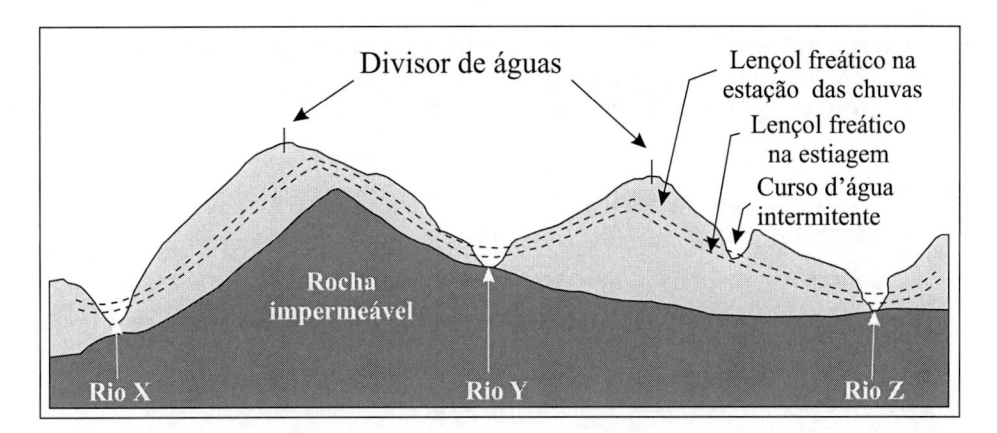

Adaptado de: Vilella e Mattos (1975, p. 11)

definem modelos ou padrões de drenagem, tema amplamente debatido na literatura geomorfológica.

Os padrões de drenagem referem-se ao arranjo espacial dos cursos fluviais, que podem ser influenciados em sua atividade morfogenética pela natureza e disposição das camadas rochosas, pela resistência litológica variável, pelas diferenças de declividade e pela evolução geomorfológica da região (CHRISTOFOLETTI, 1980, p. 103).

Existem vários padrões de drenagem, mas os principais podem ser resumidos aos seguintes tipos básicos:

a) **Drenagem dendrítica** – também designada como arborescente, porque seu desenvolvimento assemelha-se à configuração de uma árvore. Utilizando-se dessa imagem, a corrente principal corresponde ao tronco da árvore, os tributários aos seus ramos e as correntes de menor categoria aos raminhos e folhas. As correntes tributárias "se unem formando ângulos agudos de graduações variadas, mas sem chegar nunca ao ângulo reto. A presença de ângulos retos, no padrão dendrítico, constitui anomalia" (CHRISTOFOLETTI, 1980, p. 103).

b) **Drenagem em treliça** – aqui, em geral, as confluências se realizam em ângulos retos. Esse padrão é encontrado em estruturas sedimentares homoclinais, em estruturas falhadas e nas cristas anticlinais. Em todas as variações, no lineamento geral dos cursos de água, predomina a direção reta e as alterações do curso se fazem em ângulos retos (CHRISTOFOLETTI, 1980, p. 105).

c) **Drenagem retangular** – a configuração retangular é uma modificação da drenagem em treliça, caracterizada pelo aspecto ortogonal devida às bruscas alterações retangulares no curso das correntes fluviais, tanto nas principais quanto nas tributárias. Essa configuração é consequência da influência exercida por falhas ou pelo sistema de juntas ou de diáclases (CHRISTOFOLETTI, 1980, p. 105).

d) **Drenagem paralela** – é assim designada quando os cursos d'água, sobre uma área considerável ou em numerosos exemplos sucessivos, escoam quase paralelamente uns aos outros. Esse tipo de drenagem, de acordo com Christofoletti (1980, p. 105) "localiza-se em áreas onde há presença de vertentes com declividades acentuadas ou onde existem controles estruturais que motivam a ocorrência de espaçamento regular, quase paralelo, das correntes fluviais". Caracteriza-se assim, por uma série de cursos d'água que correm mais ou menos paralelos entre si, em uma extensão relativamente grande, típicos de regiões regularmente inclinadas e de grande extensão.

e) **Drenagem radial** – formada por correntes fluviais dispostas como os raios de uma roda, em relação a um ponto central. Ela pode desenvolver-se sobre os mais variados embasamentos e estruturas. Pode ter a configuração **centrífuga** (quando as correntes divergem a partir de um ponto ou área que se encontra em posição elevada) ou **centrípeta** (quando os rios convergem para um ponto ou área central, localizada em posição mais baixa, como as crateras vulcânicas e depressões topográficas).

f) **Drenagem anelar** – formada por uma série de cursos d'água de forma circular ou semicircular. Assemelham-se a anéis e "são típicas de áreas dômicas profundamente entalhadas, em estruturas com camadas duras e frágeis" (CHRISTOFOLETTI, 1980, p. 105-6).

Bacia hidrográfica 51

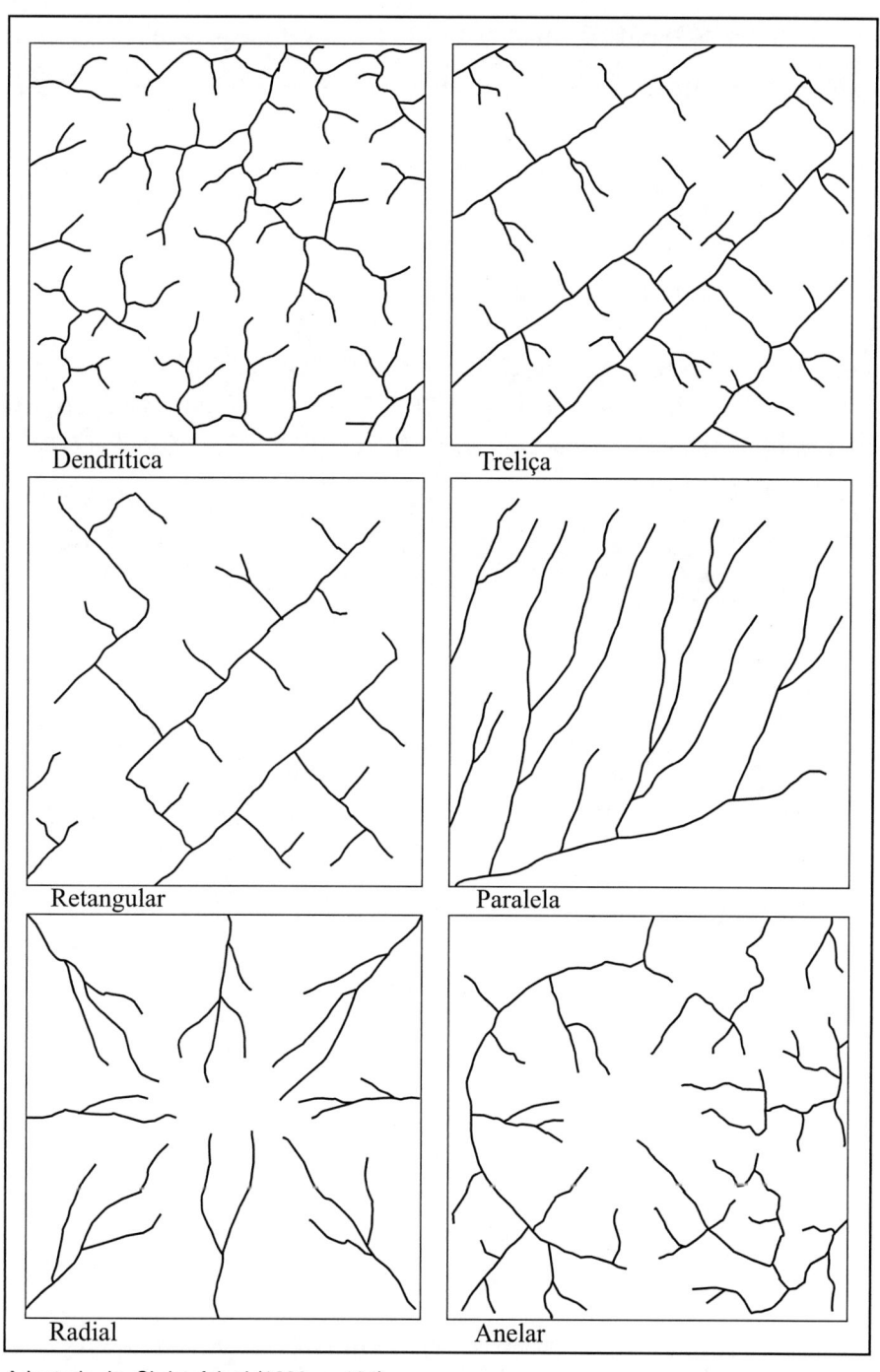

Adaptado de: Christofoletti (1980, p. 104)

Figura 4.4 Principais tipos de padrões de drenagem

4.1.2 Divisor de águas

Também chamado de divisor topográfico, espigão ou linha de cumeada, é a linha de separação que divide as precipitações que caem em bacias vizinhas e que encaminha o escoamento superficial resultante para um ou outro sistema fluvial. O divisor segue uma linha rígida em torno da bacia, atravessando o curso d'água somente no ponto de saída (VILLELA; MATTOS, 1975, p. 09).

Os divisores de água de uma bacia hidrográfica – que muitas vezes servem de limitação intermunicipal e interestadual – podem ser demarcados tomando-se como referência fotografias aéreas, cartas plani-altimétricas (Cartas Topográficas do IBGE, na escala 1:50.000, por exemplo), ortofotocartas ou outra técnica digital mais sofisticada (como os MDE – Modelos Digitais de Elevação, por exemplo).

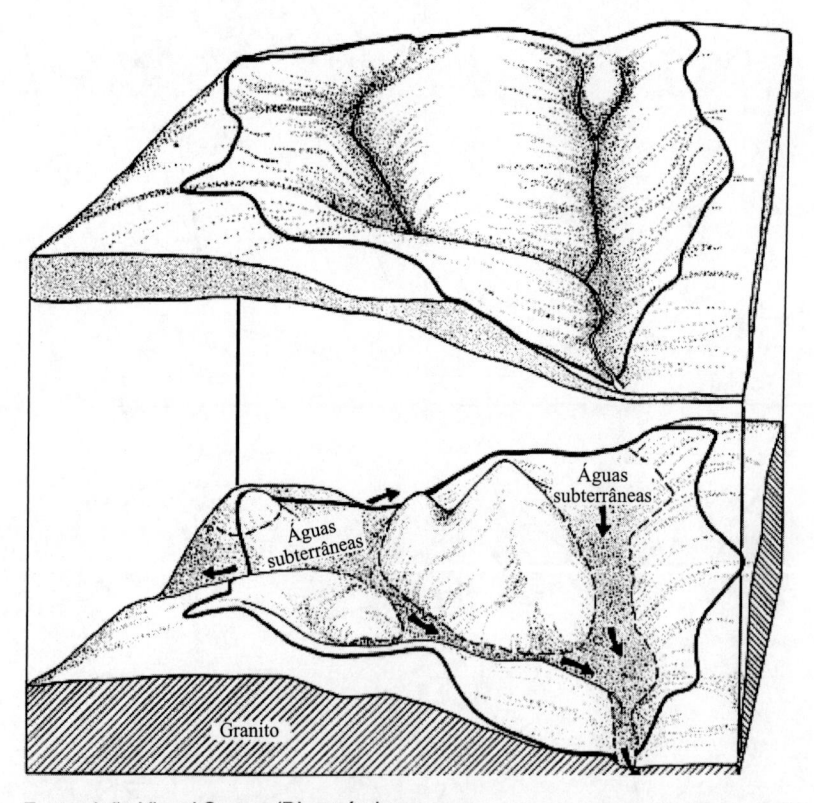

Fonte: João Vianei Soares (Disponível em:
http://www.dsr.inpe.br/dsr/vianei/hidrologia/PPTs_PDFs/Morfologia%20de%20bacias%20de%20drenagem_v2004.pdf – Acesso em ago. 2011).

Figura 4.5 Esboço de um divisor de águas

4.1.3 Área (A) e perímetro (P) da bacia

A área da bacia, também designada como área de drenagem ou área de contribuição, corresponde a toda a área drenada pelo conjunto do sistema fluvial, em projeção horizontal, inclusa entre seus divisores topográficos. A área de uma bacia hidrográfica é o elemento básico para o cálculo de outras várias características físicas. Pode ser obtida por planimetria direta em mapas e cartas (por exemplo, a carta do IBGE 1:50.000) e/ou com o apoio dos sistemas de informação geográfica. Pode ser expressa em m², hectares (1ha = 10.000m²) ou em Km² (1 Km² = 1.000.000m² = 100ha).

Já o perímetro da bacia (P) corresponde à extensão da linha que a limita, ou seja, corresponde ao comprimento dos limites estabelecidos pelos divisores de água. Expresso em metros (m) ou quilômetros (Km), pode ser obtido com o uso de sistemas de geoprocessamento mais modernos ou com o uso do tradicional curvímetro (e até, de forma expedita, com o auxílio de uma linha, se a escala for conhecida).

4.1.4 Hierarquia fluvial – ordenamento de canais

A ordem dos canais (rios) é uma classificação que reflete o grau de ramificação ou bifurcação dentro de uma bacia hidrográfica. Em geral, há uma tendência a serem mais bem-drenadas aquelas bacias que têm ordem maior.

Sendo assim, pode-se dizer que a hierarquia fluvial consiste no processo de se estabelecer a classificação de determinado curso d'água (ou da área drenada que lhe pertence) no conjunto total da bacia hidrográfica na qual se encontra. Isso é realizado em função de facilitar e tornar mais objetivos os estudos morfométricos sobre as bacias hidrográficas (CHRISTOFOLETTI, 1980, p. 106).

Os sistemas e critérios mais utilizados para o ordenamento de canais de bacias hidrográficas são os de Horton (de 1945) e, sobretudo, o de Strahler (de 1952). Contudo, também merecem destaque as proposições de Scheidegger (de 1965) e Shreve (de 1966-7).

No modelo de Robert Horton, proposto em 1945, os canais de primeira ordem são aqueles que não possuem tributários; os canais de segunda ordem recebem somente canais de primeira ordem; os canais de terceira ordem podem receber um ou mais canais de segunda ordem ou também canais de primeira ordem; os de quarta ordem recebem canais de terceira ordem e também os de ordem inferior, e assim sucessivamente. Na ordenação proposta por Horton, o rio principal é consignado pelo mesmo número de ordem desde sua nascente (Figura 4.6 – A).

Em 1952, Arthur Strahler introduziu um sistema de hierarquia fluvial que ainda hoje se destaca como o mais utilizado. Para ele, os menores canais, sem tributários, são considerados como de primeira ordem, estendendo-se desde a nascente até a confluência; os canais de segunda ordem surgem da confluência de dois canais de primeira ordem, e só recebem afluentes de primeira ordem; os canais de terceira ordem surgem da confluência de dois canais de segunda ordem, podendo receber afluentes de segunda e primeira ordens; os canais de quarta ordem surgem da confluência de dois canais de terceira ordem, podendo receber tributários das ordens inferiores, e assim sucessivamente. Nesta ordenação elimina-se o conceito de que o rio principal deva ter o mesmo número de ordem em toda a sua extensão. (Figura 4.6 – B).

No modelo de Adrian Scheidegger, proposto em 1965, para cada canal de primeira ordem (canal que não recebe nenhum tributário) é atribuído o valor numérico "2", e a cada confluência soma-se o valor atribuído aos demais canais. Ao final do percurso encontra-se um valor para o canal de última ordem, e este valor, se dividido por dois (valor dado a cada uma das nascentes). leva ao valor equivalente ao número de canais de primeira ordem (número de nascentes) encontrados em toda a bacia e que contribuíram para formar o rio principal (Figura 4.6 – C).

No Modelo de Shreve os canais de primeira ordem têm magnitude "1". Similar ao modelo de Scheidegger, o encontro de dois canais resulta no somatório de suas magnitudes, de tal maneira que o valor final atribuído ao canal principal reflete a quantidade de canais de primeira ordem que contribuíram para sua alimentação, ou seja, o número de canais de primeira ordem (nascentes) encontrados em toda a bacia. (Figura 4.6 – D).

Os rios de primeira ordem correspondem às áreas de nascentes, caracterizadas por serem mais elevadas e de maiores declividades. Nesse caso, tais cursos d'água têm regime mais turbulento e irregular e são caracterizados mais por sua velocidade do que por seu volume. Eles têm respostas mais rápidas às precipitações, com repentino aumento da vazão, assim como são rápidos em retornar à situação natural. Têm grande capacidade erosiva e transportam sedimentos de considerável granulometria. Suas águas tendem a ser mais transparentes e menos poluídas.

Bacia hidrográfica 55

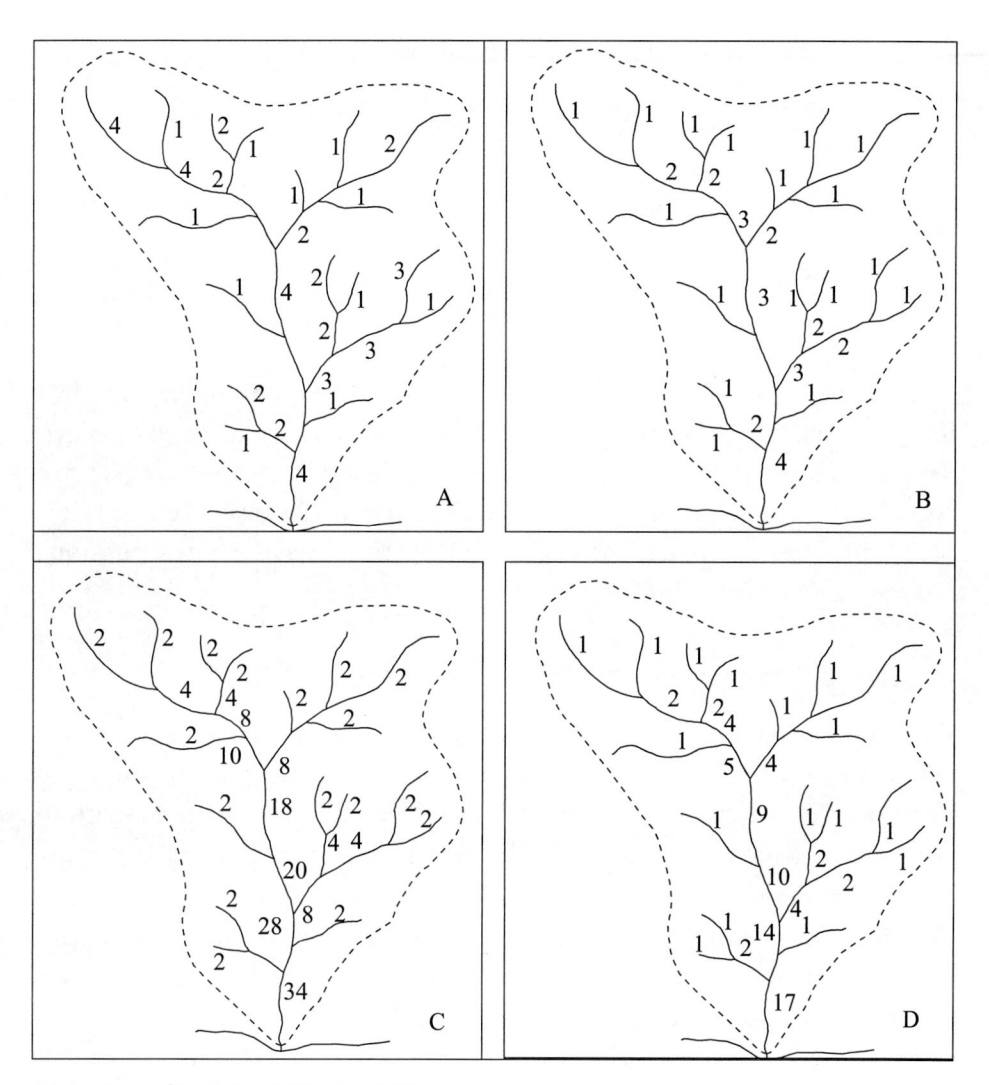

Adaptado de: Christofoletti (1980, p. 107)

Figura 4.6 Modelos de hierarquia fluvial

Comparando os modelos de hierarquização propostos por Horton e Strahler, como apresentados na figura anterior, tem-se:

Tabela 4.1 Hierarquia de canais nos modelos de Horton e Strahler

Ordens	Modelo de Horton	Modelo de Strahler
1ª	11	17
2ª	4	6
3ª	1	2
4ª	1	1
Total de rios da bacia = 17		

À medida que a ordem dos canais aumenta, para jusante, em direção à foz (ou ao exutório da bacia), há uma tendência de diminuição das declividades, caracterizando uma área de menor velocidade do fluxo, onde ocorre a deposição dos sedimentos trazidos do trecho superior. As vazões tendem a ser mais uniformes e as águas mais turvas, em razão dos sedimentos finos que são transportados.

4.1.5 Comprimento do rio principal (L)

É definido como a distância que se estende ao longo do curso d'água, desde a desembocadura (foz) até sua nascente. A medição do comprimento do rio pode ser realizada por curvímetro ou por técnicas de geoprocessamento (e até mesmo com o auxílio de uma linha, se a escala for conhecida).

Para se determinar outros índices importantes, como os gradientes, por exemplo, torna-se inicialmente necessário definir qual é o curso d'água principal da bacia, o que pode ser feito com a utilização de diferentes critérios. Nesse caso, como pronuncia Chistofoletti (1980, p. 111) "os resultados obtidos através dos diversos critérios são diferenças pequenas, mas que podem ser significantes para as pequenas bacias".

De acordo com Christofoletti (1980, p. 111), pode-se utilizar os seguintes critérios, dentre outros: a) em cada bifurcação, a partir da desembocadura, optar pelo ligamento de maior magnitude; b) optar pelo curso d'água mais longo, da desembocadura da bacia até determinada nascente, medido como a soma dos comprimentos dos seus ligamentos.

Tucci (2003, p. 23) define o rio principal como aquele que drena a maior área no interior da bacia hidrográfica. Igual conceito é adotado na "ottoclassificação e codificação das bacias hidrográficas brasileiras segundo o Método Pfafstetter". É feita aí uma distinção entre rio principal e tributário, em função do critério da área drenada. Assim, em qualquer confluência, o rio principal será sempre aquele que possuir a maior área drenada entre os dois.

4.1.6 Densidade de drenagem (Dd)

Parâmetro morfométrico de grande relevância que correlaciona o comprimento total dos canais de escoamento com a área da bacia hidrográfica. Em geral, a Dd é expressa em Km/Km² e pode ser calculada pela seguinte equação geral:

$$Dd = L_t \div A$$

- Onde Dd é a densidade de drenagem; L_t é o comprimento total dos canais e A é a área da bacia hidrográfica.

A densidade de drenagem informa o comprimento (em Km) de canal fluvial disponível para drenar cada unidade de área da bacia (km²) e, em consequência, informa também, indiretamente, sobre a disponibilidade do escoamento hídrico superficial (GRANELL-PÉREZ, 2001).

Ao avaliarmos a densidade de drenagem, conhecemos o potencial da bacia e de seus setores em permitir maior ou menor escoamento superficial da água, o que consequentemente conduzirá a uma maior ou menor intensidade dos processos erosivos na esculturação dos canais (BELTRAME, 1994, p. 83).

Como explicado por Granell-Pérez (2001, p. 92) e Rocha e Kurtz (2001, p. 17) uma Dd alta é indicadora de boa disponibilidade hídrica em superfície, de rochas pouco resistentes, de solos impermeáveis, de escassa cobertura vegetal ou de relevo acidentado, podendo ou não ser compartilhadas simultaneamente todas essas características. Inversamente, uma Dd baixa é indicadora de escassa disponibilidade hídrica superficial, rochas resistentes, solos com alta infiltração, cobertura vegetal densa ou relevo suave. Rocha e Kurtz (2001, p. 12) afirmam ainda que "em áreas florestadas a Dd é sempre menor, significando que há maior infiltração de águas das chuvas".

A Dd é um parâmetro importante para retratar o relevo, já que quanto mais desenvolvida a rede de drenagem, maior a capacidade de remoção de sedimentos por meio desse sistema. Apesar de não retratar diretamente os processos erosivos em encostas, pode-se estimar que a suscetibilidade à erosão seja tanto maior quanto mais desenvolvida for a rede de canais. Por outro lado, bacias com Dd mais elevada, isto é, mais ramificações na drenagem natural, tendem, em geral, a defasar as contribuições parciais e atenuar os hidrogramas de enchentes, enquanto nas bacias onde a Dd é comparativamente menor o escoamento ao longo dos cursos d'água é mais rápido, o que acelera a concentração das águas nas seções de fechamento (COSTA; TEUBER, 2001, p. 41).

Comparando a Dd de várias bacias (ou de várias sub-bacias de uma mesma bacia) de uma mesma região, pode-se estabelecer uma relação de grandeza relativa entre os respectivos valores, inferindo-se aqueles mais suscetíveis à ocorrência de processos erosivos, por exemplo.

De acordo com Vilella e Mattos (1975, p. 17), embora existam poucas informações sobre a densidade de drenagem de bacias hidrográficas, pode-se afirmar que esse índice varia de 0,5 Km/Km² para bacias com drenagem pobre a 3,5 ou mais, para bacias excepcionalmente bem-drenadas. A tabela a seguir apresenta os valores da Dd de acordo com Beltrame (1994, p. 84).

Tabela 4.2 Classificação dos valores de densidade de drenagem

Valores da Dd (km/km²)	Qualificação da Dd
Menor que 0,50	Baixa
De 0,50 a 2,00	Mediana
De 2,01 a 3,50	Alta
Maior que 3,50	Muito alta

Fonte: Beltrame (1994, p. 84)

Vale destacar que existem outras interpretações, com valores bastante distintos dos apresentados anteriormente, como aqueles propostos por Lima (1996, p. 57), Strahler (1982, p. 531) e Christofoletti (1969), citado por Silva, Schulz e Camargo (2003, p. 98) – Tabela 4.3. Essas variações decorreram do fato de alguns autores considerarem somente os cursos permanentes e outros considerarem todos os canais (permanentes, efêmeros e intermitentes) e ainda todas as linhas de escoamento d'água (canais, ravinas etc.).

Tabela 4.3 Classes de interpretação para os valores da Dd

Classes de valores (km/km²)	Interpretação
Menor que 7,5	Baixa densidade de drenagem
Entre 7,5 e 10,0	Média densidade de drenagem
Maior que 10,0	Alta densidade de drenagem

Fonte: Silva, Schulz e Camargo (2003, p. 98)

4.1.7 Coeficiente de manutenção (Cm)

Proposto por Schumm, em 1956, esse índice tem a finalidade de fornecer a área mínima necessária para a manutenção de um metro de canal de escoamento. Tem por objetivo revelar a área mínima necessária (em m^2) para a manutenção de um metro de canal de escoamento permanente (SILVA; SCHULZ; CAMARGO, 2003, p. 98; CHRISTOFOLETTI, 1980, p. 117). Granell-Pérez (2001, p. 92) explica que o coeficiente de manutenção é o inverso da densidade de drenagem, indicando assim a área necessária (Km^2, ha etc.) para manter ativo um Km de canal fluvial. É um dos índices mais importantes para a caracterização do sistema de drenagem e é calculado pela seguinte expressão:

$$Cm = 1 \div Dd$$

- Onde Cm é o coeficiente de manutenção; Dd é o valor da densidade de drenagem, que pode ser expresso em metros, hectares ou quilômetros.

4.1.8 Forma da bacia

Como salientam Villela e Mattos (1975, p. 13), a forma superficial de uma bacia hidrográfica é importante devido ao tempo de concentração, definido como o tempo, a partir do início da precipitação, necessário para que toda a bacia contribua na seção em estudo ou, em outras palavras, tempo que a água dos limites da bacia leva para chegar à saída desta.

Geralmente, bacias hidrográficas grandes (de grandes rios) apresentam o formato de uma pêra ou de um leque, mas as pequenas bacias variam muito de formato, dependendo de muitos fatores, sobretudo da estrutura geológica do terreno.

Existem vários índices utilizados para determinar a forma da bacia, sempre correlacionando-a com figuras geométricas. Assim, existe o coeficiente de compacidade ou índice de gravelius (Kc), o fator de forma (Kf) e o índice de circularidade (Ic), que pode ser definido como "a relação existente entre a área da bacia e a área do círculo de mesmo perímetro" (CHRISTOFOLETTI, 1980, p. 114).

Como bem explica e exemplifica Granell-Pérez (2001, p. 93-4), o índice de circularidade é a relação existente entre a área da bacia e a área de um círculo cuja circunferência teria a mesma dimensão que o perímetro da bacia. Informa o quanto é circular ou alongada uma bacia hidrográfica.

O cálculo é feito segundo a aplicação da seguinte fórmula:

$$Ic = A \div Ac$$

- Onde A é a área da bacia, em Km^2, m^2 ou hectares; Ac é a área do círculo, medida nas mesmas unidades da área da bacia; e Ic é o índice de circularidade.

O resultado do Ic é sempre um valor adimensional que varia entre 0,0 e 1,0 (valor máximo). A obtenção de Ac parte de se conhecer previamente o perímetro da bacia, o que pode ser obtido pela medida do divisor de águas (com o auxílio do curvímetro, por exemplo). Como esse perímetro deve ser igual à circunferência (C) do círculo, pode ser conhecido o valor do raio (r) e, com ele, Ac, utilizando-se as seguintes expressões matemáticas:

$$C = 2\pi \cdot r \qquad r = C \div 2\pi \qquad Ac = \pi \cdot r^2$$

Veja o exemplo a seguir. Supondo que a área (A) de uma bacia hidrográfica qualquer seja $4Km^2$ e seu perímetro seja 8Km, a circunferência equivalente será também de 8Km e o raio (r) dessa circunferência será, pois, de 1,273 Km.

$C = 2\pi \cdot r$; logo: $8 = 2\pi \cdot r$; $r = 8 \div 2\pi$; $r = 1,273$ Km

A área do círculo será, então:

$Ac = \pi \cdot r^2$; $Ac = \pi \cdot (1,273)^2 = 5,09$ Km^2

O índice de circularidade será, então:

$Ic = A \div Ac$; $Ic = 4$ $Km^2 \div 5,09$ $Km^2 = 0,785$

Como o valor máximo para Ic somente pode ser 1,0 (para uma bacia totalmente circular), quanto mais Ic se aproximar da unidade, mais circular será a forma da bacia e, inversamente, quanto mais próximo de zero (0,0), mais estreita e alongada a bacia será. As bacias mais circulares apresentam maior risco de provocarem enchentes súbitas no canal principal quando precipitações intensas afetam toda a extensão da bacia, pois o aporte de água no canal fluvial, procedente das vertentes e dos tributários, tende à simultaneidade, concentrando-se num curto espaço de tempo (pico de vazão ou deflúvio). Nesse tipo de bacia recomenda-se manter abundante cobertura vegetal para facilitar o processo de infiltração da água, bem como aplicar práticas de conservação do solo (ROCHA; KURTZ, 2001, p. 19). Nas bacias alongadas, o mesmo fenômeno pluviométrico gera um escoamento mais bem distribuído temporalmente no canal principal, o que diminui o risco de enchentes, embora o nível de vazão alta seja mais durável (GRANELL-PÉREZ, 2001, p. 94).

Rocha e Kurtz (2001, p. 20) salientam, ainda, que bacias de formas retangulares, trapezoidais ou triangulares (figuras geométricas de área mínima) são menos suscetíveis a enchentes que as circulares, ovais ou quadradas (figuras geométricas de áreas máximas), que têm maiores possibilidades de acumular águas de chuvas intensas que ocorrerem simultaneamente em toda a sua extensão, concentrando grande volume de água no tributário principal.

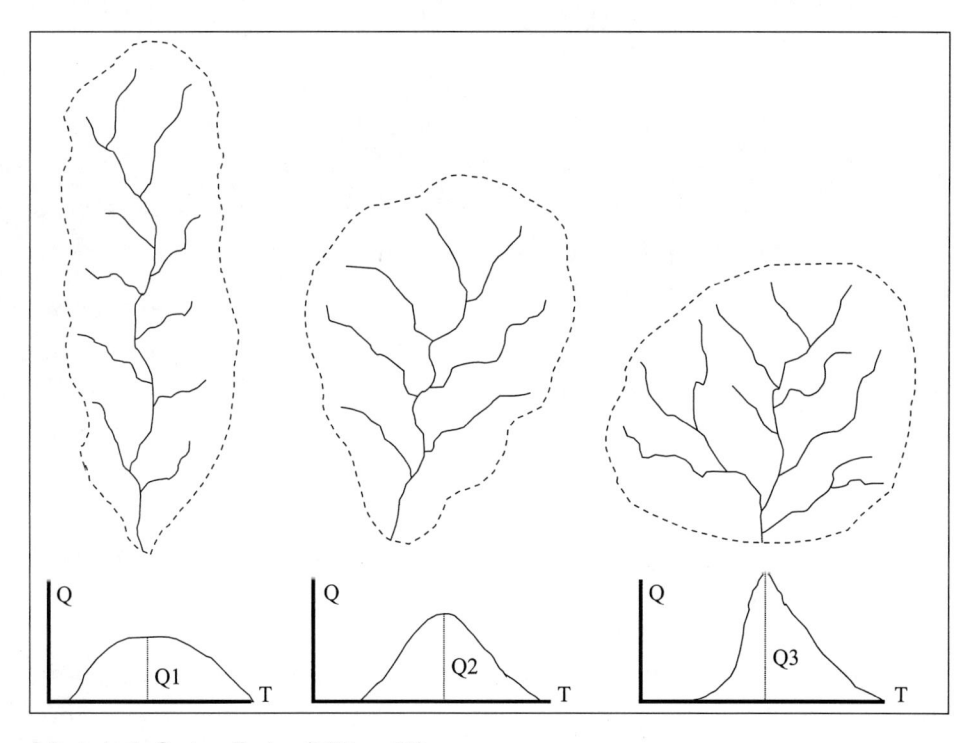

Adaptado de Costa e Teuber (2001, p. 39)

Figura 4.7 Geometria das bacias

Como salientam e exemplificam Costa e Teuber (2001, p. 38), a geometria da bacia é uma característica importante dentre os fatores que influenciam no formato do hidrograma de enchente. Considerando, a título de exemplo, três bacias com a mesma área de drenagem, sendo uma com configuração arredondada, outra alongada e a terceira com formato intermediário, verifica-se que, para chuvas de igual tempo de duração e intensidade, os hidrogramas gerados na seção principal terão desenhos distintos, com vazões máximas e tempos de escoamentos diferentes, conforme a Figura 4.7.

4.1.9 Relação de bifurcação (Rb)

Como explicado por Christofoletti (1980, p. 109-10) a relação de bifurcação foi definida por Horton (em 1945) como sendo a relação entre o número total de segmentos de determinada ordem e o número total dos segmentos de ordem imediatamente superior. Tomando-se como base o sistema de hierarquização fluvial proposto por Strahler, verifica-se que o resultado nunca poderá ser inferior a 2. A relação de bifurcação é calculada pela seguinte expressão:

$$Rb = N_u \div N_{u+1}$$

- Onde Rb é a relação de bifurcação; N_u é o número de segmentos de determinada ordem; e N_{u+1} é o número de segmentos da ordem imediatamente superior.

Segundo Strahler (1982, p. 525), o estudo de numerosos sistemas fluviais confirma o princípio de que em uma região de clima, litologia e estado de desenvolvimento uniformes, a relação de bifurcação tende a permanecer constante de uma ordem para a seguinte. Os valores desta relação que oscilam entre 3 e 5 são característicos dos sistemas fluviais (texto traduzido do original). Já segundo Linsley et al. (1975), citados por Borsato e Martoni (2004, p. 275), aqueles valores variam "entre 2,0 e 4,0, com um valor médio próximo a 3,5".

Ainda de acordo com estes últimos autores, pelo fato de a relação de bifurcação ser adimensional e os sistemas de drenagem em materiais homogêneos tenderem a apresentar similaridade geométrica, ela acaba variando pouco de região para região. Valores extremamente altos desse índice podem ser esperados em regiões de vales rochosos escarpados e vão sugerir bacias alongadas com hidrogramas apresentando o mesmo formato. Essas regiões geralmente apresentam numerosos tributários de pequena extensão, enquanto nas regiões planas de solo profundo e permeável somente os tributários relativamente longos permanecem.

4.1.10 Declividade média (Dm ou H)

A declividade média constitui importante parâmetro para identificar as bacias, ou partes delas, mais vulneráveis à atuação de processos erosivos. A declividade controla em grande medida a velocidade com que se dá o escoamento superficial, afetando assim a maior ou menor infiltração da água, oportunizando picos de inundação e/ou a maior suscetibilidade de erosão dos solos.

Como salienta Granell-Pérez (2001, p. 94-5), a velocidade dos fluxos hídricos superficiais em encostas e canais, determinante da maior ou menor importância da infiltração e da erosão dos solos, depende da energia do relevo, da cobertura vegetal e dos usos do solo. Quanto menor é a energia do relevo, menor a velocidade do escoamento hídrico em função da gravidade. Essa energia pode ser inferida através da declividade média, calculada com base na expressão:

$$DM = \Sigma\, lCn \times \Delta h \div A \times 100\%$$

- Onde $\Sigma\, lCn$ é a soma, em quilômetros, dos comprimentos de todas as curvas de nível; Δh é a equidistância, em quilômetros, entre as curvas de nível; A é a área da bacia, em Km^2; e DM é a declividade média.

Se compararmos bacias hidrográficas de uma mesma região, temos que os valores mais altos da DM identificam bacias com maior vulnerabilidade de sofrerem erosão por escoamento hídrico superficial, em função da declividade.

Adaptando a classificação do relevo segundo as declividades, como proposto por Lemos e Santos (1982), com as classes de suscetibilidade à erosão, como apresentado por Silva, Schulz e Camargo (2003), poderemos identificar a relação existente entre os valores de declividade, as formas de relevo e a respectiva suscetibilidade à ocorrência de processos erosivos, como apresentado na tabela a seguir.

Tabela 4.4 Classes de relevo e suscetibilidade à erosão

Declividades	Relevo	Suscetibilidade à erosão
Até 8%	Plano e suave ondulado	Ligeira
>8 ≤ 20	Ondulado	Moderada
>20 ≤ 45	Forte ondulado	Forte
>45	Montanhoso e escarpado	Muito Forte

Adaptado de: Lemos e Santos (1982, p. 34); Silva, Schulz e Camargo (2003, p. 30)

4.1.11 Coeficiente de rugosidade (CR ou RN)

O coeficiente de rugosidade (ruggedness number – RN) é um parâmetro morfométrico que coloca em relação a disponibilidade do escoamento hídrico superficial, expresso pela Dd, com seu potencial erosivo, expresso pela DM. Desta maneira, temos:

$$RN = Dd \times DM$$

- Onde Dd é a densidade de drenagem; DM é a declividade média; RN é o coeficiente de rugosidade.

Na comparação entre bacias hidrográficas de uma mesma região, aquelas que apresentarem maiores valores de RN serão as que apresentarão maiores riscos de sofrerem erosão por processos hídricos, ou seja, quanto maior for o valor do RN, maior será o perigo de erosão na bacia. (ROCHA; KURTZ, 2001, p. 25; GRANELL-PÉREZ, 2001, p. 95).

O coeficiente de rugosidade é utilizado para direcionar o uso potencial da terra com relação às suas características para agricultura, pecuária ou reflorestamento. Indica de forma adimensional a possibilidade de ocorrência de erosão na bacia e classifica a forma de uso mais apropriado da área. Rocha e Kurtz (2001) estabelecem 4 classes para o RN: A (solos apropriados para agricultura, com menor valor de RN); B (solos apropriados para pastagens/pecuária); C (solos apropriados para pastagem/florestamento); D (solos apropriados para florestamento, de maior valor de RN). Os autores determinam os intervalos de domínio de cada classe com base na amplitude dos valores verificados em cada estudo específico.

4.1.12 Índice de sinuosidade (meandros)

Como explicado por Granell-Pérez (2001, p. 84), nas cartas topográficas 1:50.000, também podem ser identificados os canais fluviais que descrevem sinuosidades ou voltas acentuadas e redondeadas denominadas meandros, cuja formação resulta da combinação das ações erosivas e deposicionais dos rios na busca do seu perfil de equilíbrio.

De fato, Christofoletti (1980, p. 88-9) explica que os meandros constituem o tipo de canal que mais mereceu a atenção dos pesquisadores. Os canais meândricos (termo que tem sua origem no caso do rio Maiandros, hoje Menderes, na Turquia) são aqueles em que os rios descrevem curvas sinuosas, largas, harmoniosas e semelhantes entre si, através de um trabalho contínuo de escavação na margem côncava (ponto de maior velocidade da corrente) e de deposição na margem convexa (ponto de menor velocidade). Deve-se notar que há uma série completa de padrões intermediários entre os canais retos e os efetivamente meândricos. A fim de que se pudesse distinguir entre os canais meândricos e os que não o são, foi proposto o índice de sinuosidade, que é a relação entre o comprimento do canal e a distância do eixo do vale.

Como apresentado por Granell-Pérez (2001, p. 84), o índice de sinuosidade "desse tipo de canal pode ser facilmente estimado sobre as cartas topográficas dividindo-se o comprimento do canal, no tramo que contém os meandros, pelo comprimento da linha reta que pode ser traçada cortando ao meio os meandros". O valor 1,5 tem sido usado como ponto de partida para considerar os canais como meândricos.

A regularidade geométrica dos meandros tem atraído a atenção de inúmeros pesquisadores, de vários ramos científicos, que se dedicam a melhor compreender o mecanismo geral que provoca e regula esse fenômeno. Tradicionalmente, na geomorfologia, os meandramentos fluviais eram relacionados às planícies fluviais e deltaicas. Partindo-se dessa verificação, chegou-se à noção de que os meandramentos estavam ligados aos grandes rios que atingiam a maturidade do ciclo davisiano. No entanto, essa interpretação não é correta, pois rios de todos os tamanhos e em todas as altitudes podem formar meandros. Observou-se também que os meandros não são meros caprichos da natureza, mas a forma pela qual o rio efetua o seu trabalho pela *lei do menor esforço*. Representa o equilíbrio em seu estado de estabilidade, denunciando o ajustamento entre todas as variáveis hidrológicas, inclusive a carga

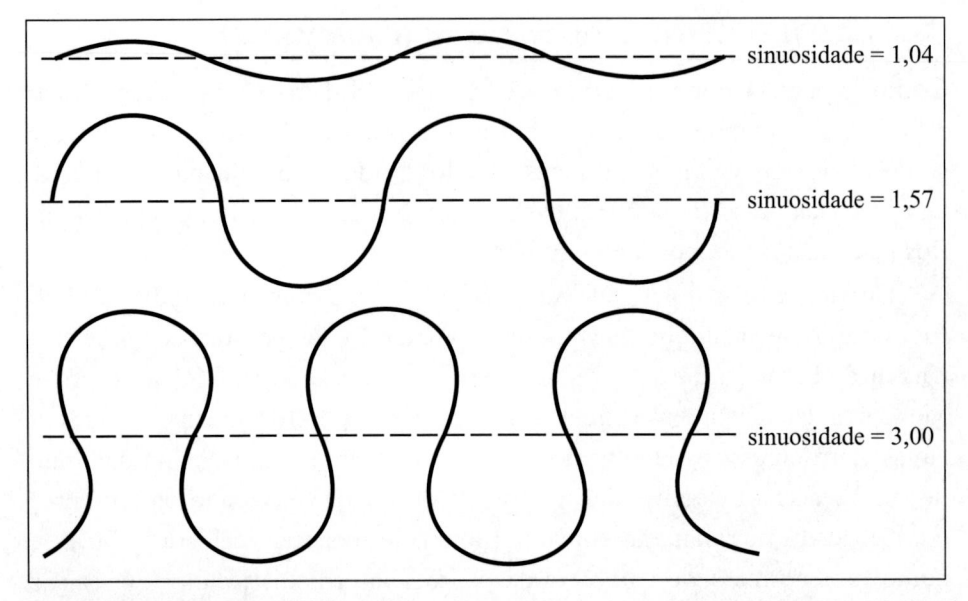

Adaptado de: Christofoletti (1980, p. 89)

Obs.: O índice de sinuosidade representa a relação entre o comprimento do canal e o comprimento do eixo. A distância axial é medida ao longo da linha interrompida. Considera-se o canal meândrico quando o índice é igual ou superior a 1,5.

Figura 4.8 Índice de sinuosidade

detrítica e a litologia por onde corre o curso d'água. (CHRISTOFOLETTI, 1980, p. 88-9).

O mesmo autor explica que a observação de que os meandros são mais frequentes nos baixos cursos fluviais encontra ressonância nas diversas considerações expendidas a propósito do comportamento fluvial e da tipologia dos canais. Contudo, surgem possibilidades para que os meandramentos se instalem ao longo de quase todo o percurso fluvial, tornando-se o tipo de canal observado em quase todas as planícies de inundação, qualquer que seja a posição do trecho ao longo do curso d'água.

De acordo com Cunha (1996, p. 159), "os canais meandrantes relacionam-se aos elevados teores de silte e argila, os canais anastomosados a uma carga mais arenosa, e o aumento da quantidade de carga detrítica pode diminuir a sinuosidade dos canais".

Sobre o trabalho erosivo dos rios, especialmente ao se referir ao processo de crescimento de meandros, Strahler (1982, p. 485) explica que os meandros crescem à medida que a corrente erode sua margem exterior e deposita aluviões na interior. Essas duas margens do meandro se denominam côncava e convexa, respectivamente. Esse processo vai se acentuando mais e mais até que as curvas do meandro se intercomunicam por tangência, num fenômeno denominado de estrangulação (traduzido do texto original).

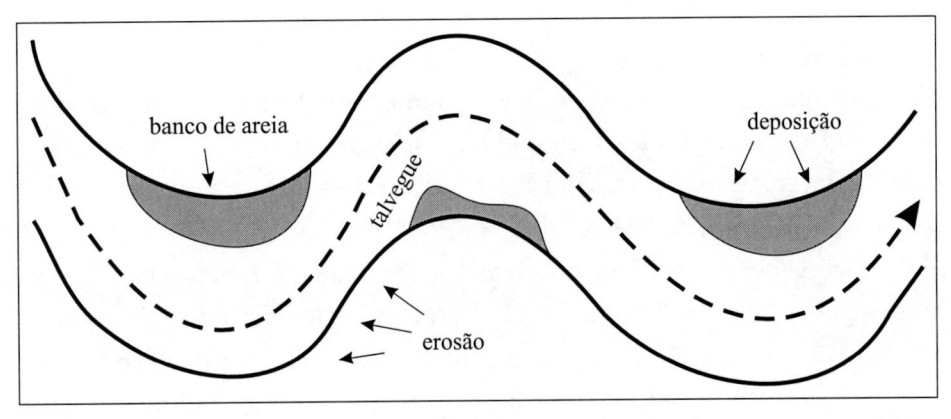

Adaptado de João Vianei Soares (Disponível em: http://www.dsr.inpe.br/dsr/vianei/hidrologia/PPTs_PDFs/Morfologia%20de%20bacias%20de%20drenagem_v2004.pdf – Acesso em ago. 2011).

Figura 4.9   Trabalho erosivo dos rios

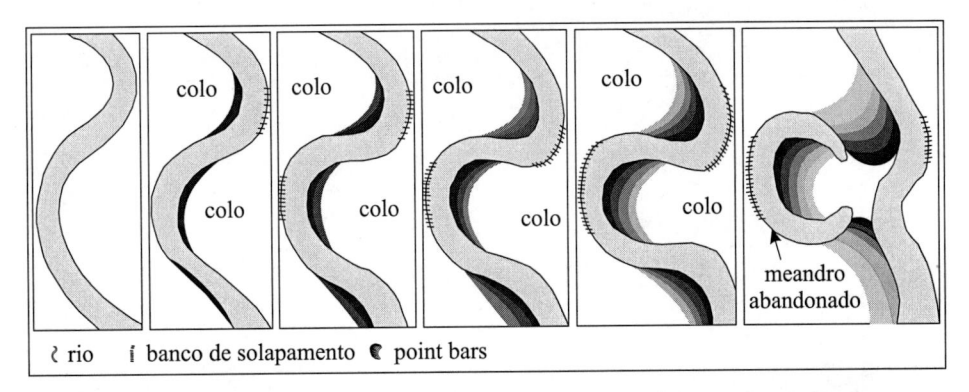

Obs.: O banco de solapamento é a margem côncava, na qual é intensa a atividade erosiva; o point bar é a zona de deposição localizada nas margens convexas. O meandro abandonado é designado "chifre de boi", pela analogia da forma. O colo ou esporão é o trecho que separa duas curvas meândricas; o seu recortamento origina a formação do meandro abandonado.

Figura 4.10   Trabalho erosivo dos rios

4.1.13 Perfil longitudinal e gradiente

O perfil longitudinal de um rio é a representação gráfica das variações da declividade do canal (gradientes), desde a sua nascente até a foz (nível de base local), formando uma linha irregular, côncava para cima, com gradientes, em geral, maiores em direção às nascentes e valores cada vez mais suaves à jusante.

Conforme a região percorrida, um rio pode possuir um gradiente heterogêneo durante o seu percurso, isto é, a velocidade pode variar com a maior ou menor inclinação do leito do rio. Sendo aumentado o gradiente, o aumento da velocidade das águas faz com que o rio se torne mais raso, e a sua superfície obedecerá às irregularidades do fundo, formando-se assim as chamadas corredeiras (LEINZ; AMARAL, 1975).

Geralmente, no perfil longitudinal dos rios podem ser diferenciados pelo menos três segmentos do canal, com diferentes características e gradientes.

No trecho superior (alto curso) predominam maiores declividades (e maiores gradientes), onde se destacam os processos de erosão fluvial e, portanto, de produção de sedimentos. Como explicado por Leinz e Amaral (1975, p. 88-9) no curso superior de um rio, isto é, nas regiões próximas das suas cabeceiras, onde predomina a atividade erosiva e transportadora, há grande quantidade de detritos fornecidos pela água de rolamento, os quais

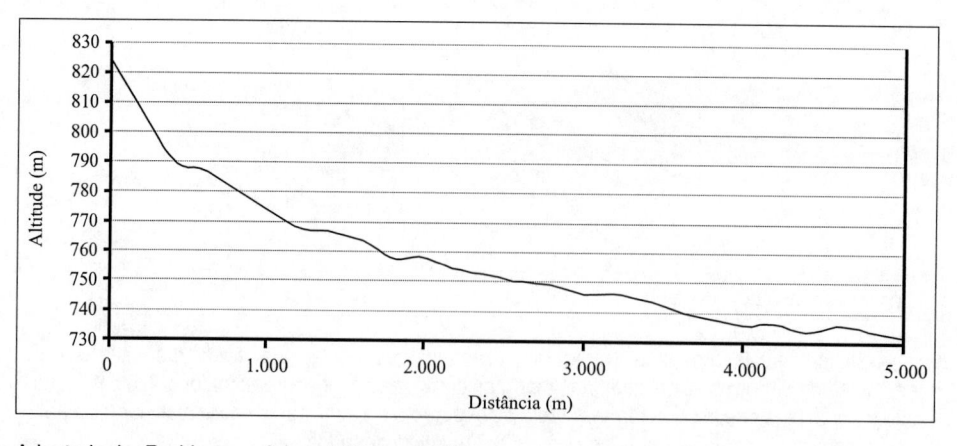

Adaptado de: Rodrigues e Adami (2005, p. 165)

Figura 4.11 Perfil longitudinal do córrego da Roseira

correm sobre as encostas e se juntam aos detritos originados da atividade erosiva do próprio rio. Nestas condições o rio aumenta seu leito em profundidade, determinando uma forma de vale que lembra a de um "V" agudo.

No seu médio curso, graças à menor declividade, que implica diminuição da velocidade das águas, diminui o poder transportador – ocasionando a deposição dos fragmentos maiores, que vão agora proteger o fundo do rio contra o trabalho erosivo. Com o aumento da deposição de detritos nas regiões de menor velocidade verifica-se uma mudança da configuração do vale, que passará a ter a forma de um "V" bastante aberto, de base muitas vezes maior que os lados. Tal configuração decorre da deposição no fundo, e da erosão, que passou a ser lateral (LEINZ; AMARAL, 1975, p. 89-90).

No baixo curso ou trecho inferior, de pequeno gradiente, se processará a sedimentação ou abandono da carga sedimentar erodida no alto curso e até aqui transportada. Embora o volume seja maior, agora são menores as declividades e velocidades, o que promove maior sedimentação dos sólidos em suspensão, e isso, comumente, torna as águas desse trecho do rio mais turvas.

Como explicado por Cunha (1996, p. 18), o perfil longitudinal de um rio sofre contínuas flutuações, devido às variações no escoamento e na carga sólida, o que acarreta muitas irregularidades no seu leito como as corredeiras e as depressões. Ao longo do canal, o rio tenta eliminar essas irregularidades, na tentativa de adquirir um perfil longitudinal côncavo e liso, com declividade suficiente para transportar a sua carga. Utiliza, para isso, o mecanismo de erodir, com o qual a velocidade aumenta e inicia a sedimentação onde há decréscimo de velocidade.

Já o gradiente altimétrico representa as variações do canal fluvial ao longo do seu percurso. Pode ser calculado da nascente até a foz do rio principal ou em quaisquer outros segmentos, expressando a relação entre o desnível altimétrico de um segmento fluvial e o respectivo comprimento.

Assim, o gradiente dos canais "vem a ser a relação entre a diferença máxima de altitude entre o ponto de origem e o término com o comprimento do respectivo segmento fluvial" (CHRISTOFOLLETI, 1980, p. 112). É dessa forma a relação entre o desnível altimétrico de um canal fluvial e o seu comprimento, ou seja, ponto de maior elevação, menos o ponto de menor elevação de um segmento fluvial, dividido por seu comprimento – como mostrado a seguir.

$$G = h_{max} - h_{min} \div C$$

- Onde: G é o gradiente altimétrico; hmax é o ponto de maior elevação do canal; hmin é o ponto de menor elevação do canal; e C é o comprimento do canal ou trecho considerado.

4.2 MEDIÇÃO DE VARIÁVEIS HIDROLÓGICAS

Sobre as análises hidrodinâmicas, merecem ser destacados os aspectos referentes à vazão e à velocidade dos cursos d'água.

4.2.1 Velocidade (V)

A velocidade das águas de um rio depende da declividade, do volume e da viscosidade da água, da largura, profundidade e forma do canal e da rugosidade do leito. A velocidade e a turbulência estão intimamente relacionadas com os trabalhos que o rio executa, ou seja, erosão, transporte e deposição dos sedimentos.

A velocidade das águas de um rio varia muito de um lugar para outro. Em geral, no perfil transversal, a parte de maior velocidade localiza-se abaixo do nível superficial, enquanto as áreas de menor velocidade situam-se próximas às paredes laterais e ao fundo. As velocidades variam, em sua distribuição, segundo a forma e a sinuosidade dos canais. Cunha (1996, p. 160) explica que "a velocidade das águas é variável ao longo do perfil transversal, decrescendo com a profundidade e na direção das margens, devido às forças de fricção entre a água do fluxo e as paredes laterais ou o fundo do canal". A velocidade (expressa em cm/s, m/s etc.) pode ser medida com o uso de vários instrumentos, como os molinetes, velocímetros ou correntômetros, mas também, como será visto, pode ser obtida com a utilização de métodos mais práticos e expeditos.

Nos canais simétricos, a velocidade máxima da água está abaixo da superfície e centralizada. A partir do centro, em direção às paredes laterais, estão dispostos setores de velocidades moderadas e alta turbulência. Próximo ao fundo, o fluxo apresenta velocidade mais baixa. Nos canais assimétricos, a zona de máxima velocidade desloca-se do centro para o lado de águas mais

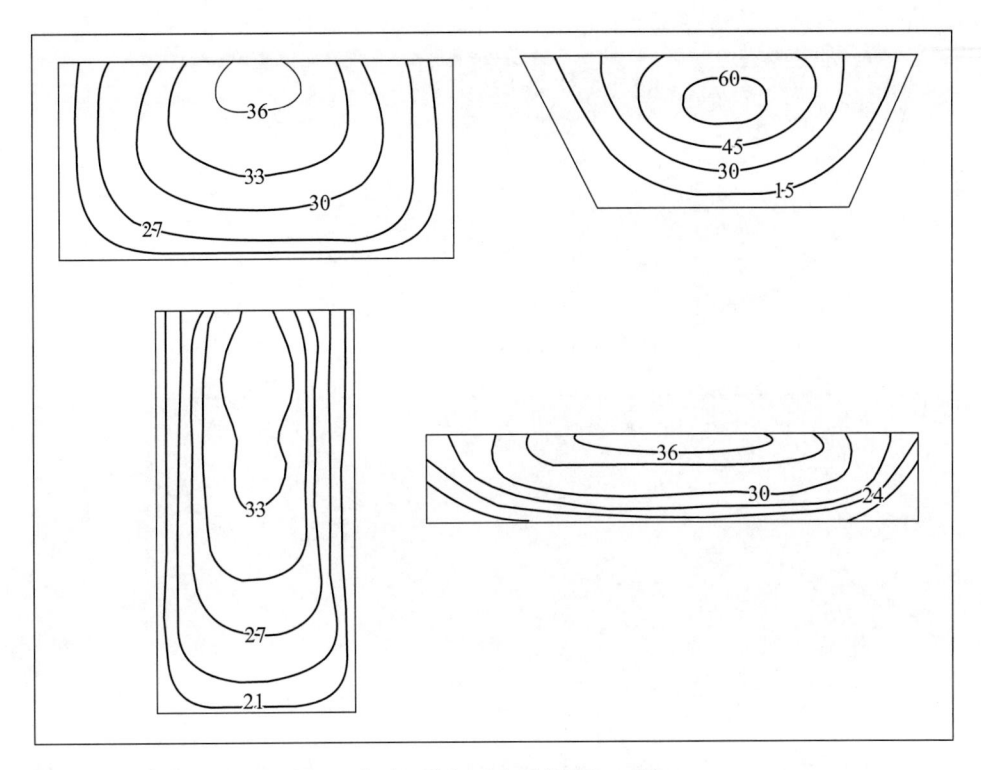

Obs.: velocidade em cm/s; Adaptado de: Christofoletti (1980, p. 67)

Figura 4.12 Distribuição da velocidade das águas

profundas, enquanto os setores de máxima turbulência apresentam comportamento diferente, elevando-se o do lado mais raso e rebaixando-se o do lado mais profundo (CHRISTOFOLETTI, 1980, p. 67).

4.2.2 Vazão (Q)

A vazão pode ser definida como o "volume fluido que passa na unidade de tempo, através de uma superfície (como exemplo, a seção transversal de um curso d'água)" (FEEMA, 1990, p. 204). Dessa forma, o produto de uma seção transversal de um rio pela velocidade média do trecho considerado permite a obtenção do dado de vazão, expressa em m^3/s, L/s, m^3/h, m^3/dia, L/dia etc.

Existem vários instrumentos e equipamentos destinados à medição e determinação das vazões, como os linígrafos, mais caros e de maior precisão, atualmente equipados com sensores automáticos e transmissão via satélite.

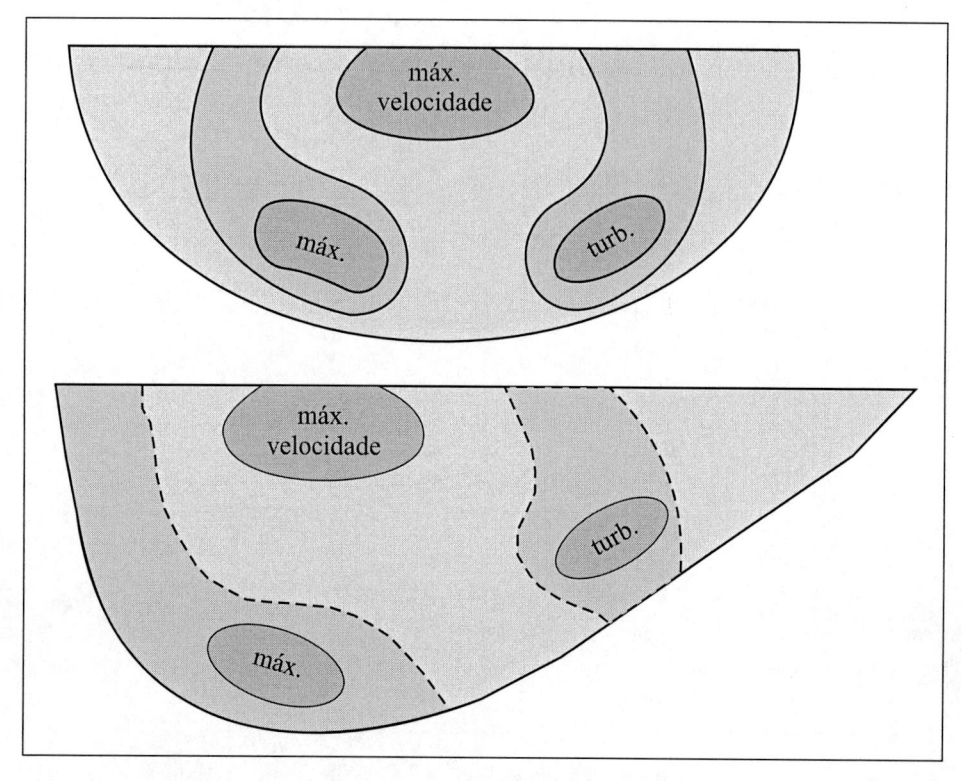

Obs.: Canais simétricos (1º desenho) e assimétricos (2º desenho);
Adaptado de: Christofoletti (1980, p. 68).

Figura 4.13 Zonas de velocidades e turbulências máximas

Mas existem outros métodos bem mais simples e acessíveis. Como apresentado por Valente e Gomes (2005), os métodos a serem utilizados para medir vazão dependem da magnitude dos próprios valores e podem ser classificados, basicamente, em direto, por vertedor e por flutuador.

Pelo **método direto**, usado para pequenas vazões, o curso d'água deverá ser desviado para um tubo ou calha, através de pequenos diques. Abaixo da extremidade do tubo ou da calha deverá ser escavado, se necessário, um buraco que permita introduzir um recipiente de volume conhecido, para recolhimento da água. O procedimento para medição exige que se coloque o recipiente para coletar a água e se marque o tempo necessário para o seu enchimento. Como o recipiente tem volume conhecido, basta dividir o seu volume pelo tempo gasto para se connhecer a vazão. Se o recipiente tiver capacidade para 10 litros, por exemplo, e gastar dois minutos para ser enchido, a vazão (Q) será:

$$Q = 10L \div 2 \text{ minutos} = 5L/min.$$

Pelo método do **vertedor**, que pode ser triangular ou quadrangular, usa-se represar o curso d'água com uma estrutura metálica ou de madeira, que tenha uma abertura triangular ou retangular no centro, conforme apresentado nas figuras a seguir.

De acordo com Valente e Gomes (2005, p. 83), depois que o fluxo tiver sido normalizado, mede-se a altura **h** da lâmina d'água (usando uma régua) e recorre-se a fórmulas específicas de cada vertedor para o cálculo da vazão, tais como:

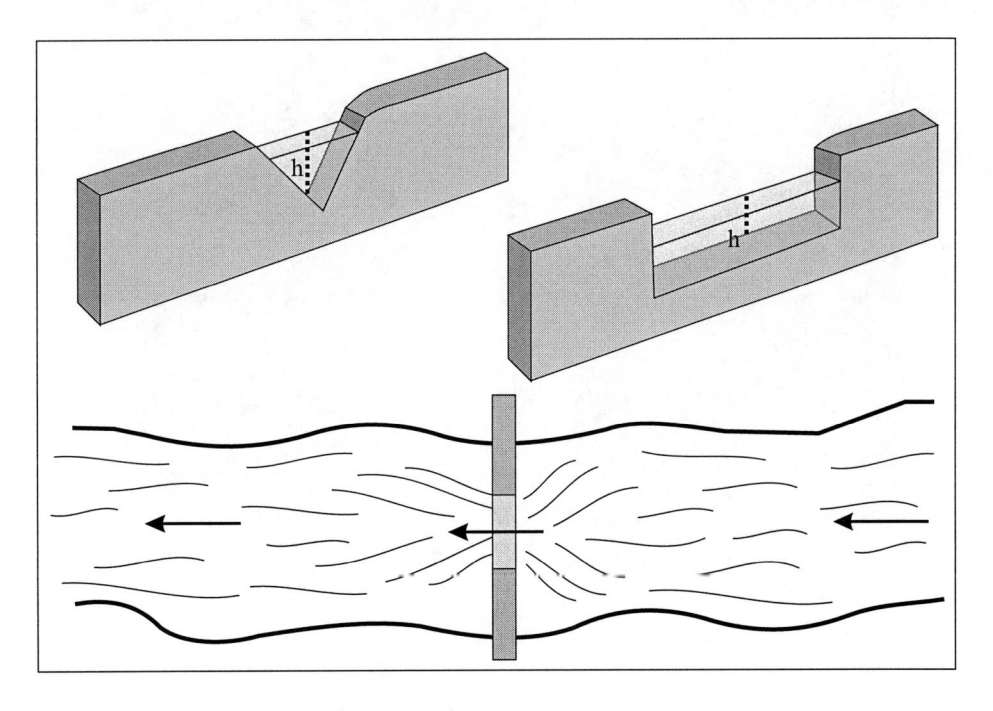

Adaptado de: Valente e Gomes (2005, p. 81)

Figura 4.14 Esquema de vertedores

Retiradas de VALENTE e GOMES (2005, p. 82). Conservação de Nascentes – Hidrologia e Manejo de Bacias Hidrográficas de Cabeceira. Viçosa: Aprenda Fácil, 2005.
Obs.: Acima, vertedor triangular; abaixo, vertedor retangular.

Figura 4.15 Uso prático de vertedores

Vertedor triangular de 90°: $(Q = 1,4 \times H^{2,5})$, onde Q é a vazão em m^3/s e H é a altura da lâmina d'água em metros.

Vertedor retangular: $(Q = 1,77 \times L \times H^{1,5})$, sendo Q a vazão em m^3/s, L a largura da soleira do vertedor em metros e H a altura da lâmina d'água em metros.

Obviamente, existem equipamentos precisos destinados a medir a velocidade das águas, como os molinetes, velocímetros, correntômetros etc., mas a velocidade também pode ser estimada através de métodos mais simples e expeditos, como o uso dos chamados **flutuadores**. O método baseia-se no fato de que a vazão pode ser calculada através do produto de uma dada seção do curso d'água pela velocidade do fluxo nessa seção, corrigido por um coeficiente. Assim:

$Q = c \times S \times V$, onde Q é a vazão em m^3/s; S é a área da seção; V é a velocidade do fluxo; c é o coeficiente de correção para valor real.

Cunha (1996) destaca que a forma mais simples de se obter medidas da velocidade das águas da superfície de um curso hídrico é pelo uso dos flutuadores, que deslizam na superfície do rio em distância determinada. Pesquisas experimentais têm demonstrado que a velocidade média dos rios, numa seção vertical, é 0,85 vezes a velocidade da superfície. Assim, se a velocidade das águas for medida com o uso dos flutuadores, é possível estimar a velocidade média do rio multiplicando-se a velocidade medida na superfície por 0,85. Essa variação ocorre, também, ao longo do perfil longitudinal.

Segundo Cunha (1996, p. 161), o flutuador deve ser de tamanho pequeno (inferior a 10cm de diâmetro) e percorrer o fluxo o mais submerso possível para evitar o efeito da velocidade dos ventos durante a medição. Quando as profundidades mínimas do rio forem inferiores a 15-20cm e a largura do canal inferior a 1-2m, o método do flutuador deve ser abandonado. Ainda segundo Cunha (1996, p. 161) podem ser utilizadas como flutuadores "as laranjas maduras, que possuem a vantagem de serem visíveis e uma parte delas ficar abaixo da linha d'água".

De acordo com Valente e Gomes (2005, p. 85-6), esse método só funciona para cursos de maior vazão e boa profundidade. A velocidade pode ser medida com um flutuador constituído, por exemplo, por uma garrafa cheia o suficiente para ficar com 2/3 da sua altura dentro d'água. Feito isto, escolhe--se um trecho mais ou menos reto do curso, com fluxo tranquilo, e de 10 metros de comprimento. Coloca-se uma tábua em cada seção, como se fosse uma "pinguela", com um observador em cada uma. Solta-se o flutuador um pouco antes da primeira seção e mede-se o tempo (usando-se os dois observadores) que ele leva para percorrer os 10 metros. Dividem-se os 10 metros pelo tempo – em segundos, por exemplo – e tem-se a velocidade em m/s.

A área da seção escolhida pode ser calculada medindo-se algumas profundidades **hi** da lâmina d'água, em intervalos iguais, de uma extremidade a outra e calculando-se as respectivas áreas S_1, S_2 etc., de modo a conhecer-se a área total **(S)**. Veja a Figura 4.16.

Existem ainda vários outros índices e parâmetros morfométricos para o estudo das características das bacias hidrográficas. Maiores aprofundamentos poderão ser obtidos pela consulta, dentre outras, às obras de Christofoletti (1980), Venturi (2005), Villela e Mattos (1975), Silva, Schulz e Camargo (2003), Strahler (1982), Beltrame (1994), Valente e Gomes (2005).

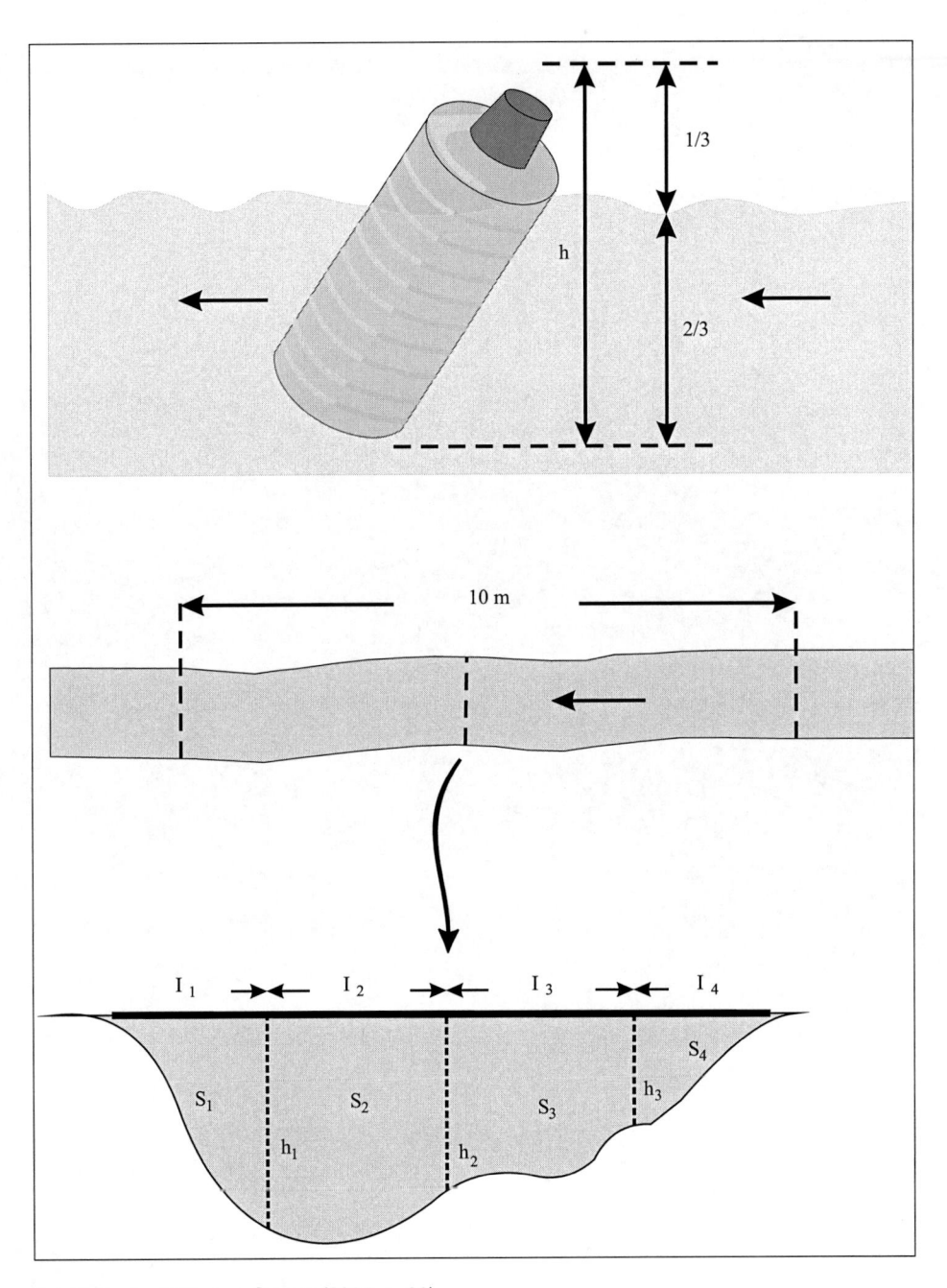

Adaptado de: Valente e Gomes (2005, p. 86)

Figura 4.16 Esquema de uso do flutuador

capítulo 5

Precipitação

A precipitação, principal mecanismo natural de restabelecimento dos recursos hídricos, é o processo pelo qual a água condensada na atmosfera atinge, por efeito da gravidade, a superfície terrestre. Pode ocorrer sob a forma líquida ou pluvial (chuva ou chuvisco/garoa) ou sob a forma sólida (granizo, neve e saraiva). Alguns autores (HOLTZ, 2005; BERTONI; TUCCI, 1993) incluem também a neblina e o orvalho como formas de precipitação.

Para melhor compreender os mecanismos da precipitação, torna-se necessário recordar alguns outros aspectos (e conceitos) importantes relativos à atmosfera, estudados mais objetivamente pela meteorologia e pela climatologia, especialmente aqueles ligados à condensação, à saturação e à formação das nuvens, fonte das precipitações.

De acordo com Suguio e Suzuki (2003), entre 4,5 e 3 bilhões de anos atrás, a Terra ainda estava muito quente, o que impedia os gases suspensos no ar de se transformarem em líquido. Conforme o ar foi esfriando, entre 3 e 2 bilhões de anos atrás, as primeiras nuvens surgiram. Além de água, tinham metano, amônia, hidrogênio, hélio e gás carbônico e eram muito carregadas. Bem mais leves, as nuvens atuais são compostas de gotículas de água e impurezas encontradas no ar.

Uma nuvem pode ser definida como "um conjunto visível de partículas de água líquida e/ou de gelo, em suspensão na atmosfera" (TUBELIS; NASCIMENTO, 1984, p. 174). Este conjunto pode também conter partículas procedentes, por exemplo, de vapores industriais, de fumaças ou de poeiras.

O vapor d'água presente no ar atmosférico pode passar (ou voltar) para a fase líquida pelo processo de condensação, que dá origem às nuvens. Esta condensação do vapor d'água no interior de uma massa de ar inicia-se quando esta atinge a saturação, o que acarreta na diminuição da capacidade de retenção de vapor d'água. Diz-se que o ar está saturado quando ele apresenta a concentração máxima de vapor d'água que pode conter. A relação percentual que se estabelece entre a concentração de vapor d'água existente no ar e a concentração de saturação (concentração máxima), na pressão e temperatura em que o ar se encontra, é definida como umidade relativa do ar.

Essa concentração máxima de vapor d'água, ou saturação, cresce com o aumento da temperatura, ou seja, com maior temperatura o ar se torna mais quente e se expande, podendo assim conter maior quantidade de vapor d'água. Portanto, quanto maior a temperatura, maior a capacidade do ar em reter o vapor d'água e mais distante da saturação, como apresentado na tabela a seguir.

Tabela 5.1 Conteúdo de vapor d'água no ar, em diferentes temperaturas

Temperaturas (°C)	Conteúdo de umidade (g/m³)
−30	0,45
−20	1,07
−10	2,36
−5	3,14
0	4,85
2	5,57
6	7,27
8	8,28
10	9,41
12	10,68
14	12,09
16	13,65
18	15,4
20	17,31
25	23,07
30	30,39
35	39,6
40	51,12

Fonte: Ayoade (1991, p. 144); Fordyke (1969, p. 16)

A saturação ocorre quando o teor de vapor d'água existente no ar torna-se igual à sua capacidade de retenção. Isso pode ocorrer por resfriamento, pois com temperaturas menores, a massa de ar tem diminuída sua capacidade de retenção de vapor d'água. A saturação de uma massa de ar pode ainda ser atingida pela adição de vapor d'água, causando a elevação do seu teor até a sua capacidade máxima de retenção, na temperatura em que a massa de ar se encontra (TUBELIS; NASCIMENTO, 1984, p. 168). As várias formas de se produzir a saturação do ar podem ser resumidas, genericamente em: 1) pelo decréscimo da temperatura, reduzindo assim a capacidade do ar atmosférico para conter vapor d'água; 2) aumentando a quantidade de vapor d'água presente no ar; 3) reduzindo a temperatura e, paralelamente, aumentando a quantidade de vapor (VIANELLO; ALVES, 1991, p. 71).

Cabe aqui apresentar pelo menos um dos processos de formação das nuvens. O principal processo de formação de nuvens é o resfriamento por expansão adiabática, que ocorre quando uma massa de ar se eleva na atmosfera. À medida que se eleva, a massa de ar se expande, em decorrência da diminuição da pressão atmosférica com a altitude. Como consequência, resfria-se à medida que se eleva e esse resfriamento provoca uma diminuição da capacidade de retenção do vapor d'água da massa de ar. Então ocorre a saturação e a condensação inicia-se sobre os núcleos existentes (TUBELIS; NASCIMENTO, 1984, p. 168-9).

Em dias quentes, o sol aquece o solo com maior intensidade em alguns lugares. As bolhas de ar quente que se formam nos locais de maior incidência sobem impulsionadas pelo ar mais denso e mais frio em volta delas. Quando encontram uma zona de pressão atmosférica mais baixa, as bolhas se expandem e se resfriam e o vapor d'água se condensa em gotículas (Figura 5.1).

Tendo atingido o nível de condensação, a nuvem formada é constituída de gotículas de água, que, pelas suas pequenas dimensões, de 2 a 20 mícron (ou micra), permanecem em suspensão na atmosfera. Cada gotícula fica sujeita à força gravitacional, ao empuxo e à ação das correntes ascendentes de ar. Enquanto predominam as forças ascendentes sobre a força gravitacional, as gotículas se elevam na atmosfera. Quando a componente gravitacional predomina, as gotículas descendem na atmosfera, dando origem à precipitação. A predominância da gravidade ocorre quando as gotículas crescem até uma dimensão suficiente para sobrepujar as correntes ascendentes (TUBELIS; NASCIMENTO, 1984, p. 198-9).

Como ludicamente citado por Forsdyke (1969, p. 58), "milhares de gotinhas invisíveis são necessárias para formar uma só gota de chuva".

Também pode ocorrer um processo inverso ao da expansão adiabática. Uma massa de ar pode descer na atmosfera, sofrendo compressão adiabática em decorrência do aumento de pressão. O processo provoca aumento de temperatura da massa de ar que desce, com o consequente aumento de sua

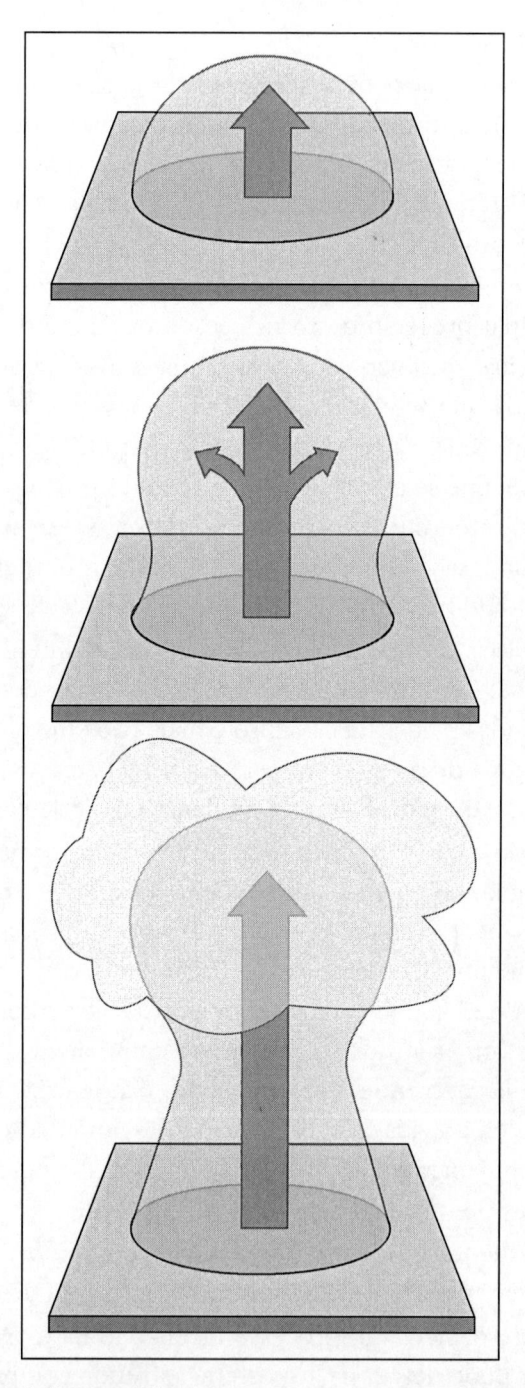

Adaptado de: Hardy et al. (1983, p. 51)

Figura 5.1 Esquema representativo do processo de formação de uma nuvem

capacidade de retenção de vapor d'água e diminuição da umidade relativa do ar. Sob a ação desse processo, uma nuvem formada pode dissolver-se (TUBELIS; NASCIMENTO, 1984, p. 169). Assim, pode-se concluir que a dissipação das nuvens ocorre quando cessa o processo que lhes deu origem, ou seja, quando ocorre o reaquecimento do ar (pelo aumento da temperatura, decorrente de compressão adiabática ou pelo aumento da insolação), após as precipitações ou pelo encontro com uma massa de ar mais seco.

A identificação dos diversos tipos de nuvens é, às vezes, de grande dificuldade (e muito subjetiva), seja pelas formas de transição, seja pela estimativa visual de sua altura. Para uma melhor identificação, deve-se observar a altura, a dimensão, a forma, a estrutura, a textura, a luminância e a cor das nuvens.

As nuvens são agrupadas em *gêneros*, cada qual com características próprias, e estes, em *espécies*, que poderão apresentar *variedades* diferentes. Os dez gêneros de nuvens reconhecidos internacionalmente são: **Cirros (Ci)**, do latim *cirrus* (cacho de cabelo, madeixa, filamento), são nuvens elevadas, constituídas de finas partículas de gelo; **Cirro-Cúmulo (Cc)**, do latim *cirrocumulus: cirrus* – cacho de cabelo – e *cumulus* – muito, excesso: composta de pequenos elementos em forma de grãos, "céu encarneirado"; **Cirro-Estrato (Cs)**, do latim *Cirrostratus*, forma um céu esbranquiçado, de aspecto sedoso, que delineia um halo ao redor do sol ou da lua; **Alto-Cúmulo (Ac)**, do latim *Altocumulus*, forma banco, lençol ou camada de nuvens brancas e/ou cinzentas; **Cúmulo (Cu)**, do latim *Cumulus* – excesso, montão, auge –, nuvens isoladas, geralmente densas e de contorno bem-delineado, desenvolvendo-se verticalmente em forma de mamelões, de domos, de torres, assemelhando-se a uma couve-flor; **Nimbo-Estrato (Ns)**, do latim *Nimbostratus*, camada de nuvens muito baixas, de coloração cinza escuro, quase uniforme e que provocam precipitações contínuas; **Estrato-Cúmulo (Sc)**, do latim *Stratocumulus*, camada contínua ou conjunto de bancos de nuvens, de contornos imprecisos e cor cinzenta, com partes sombrias; **Estrato (St)**, do latim *Stratus* (camadas), camada de nuvens uniformemente cinzenta, semelhante a um nevoeiro, mas que não se localiza junto ao solo; **Alto-Estrato (As)**, do latim *Altostratus*, lençol ou camada de nuvens acinzentado ou azulado, de aspecto estriado, fibroso ou uniforme, cobrindo inteiramente ou parcialmente o céu; **Cúmulo-Nimbo (Cb)**, do latim *Cumulunimbus: cumulus* (muito) + *nimbus* (nuvem carregada de chuva, cinzenta e densa) – de grande desenvolvimento vertical, desencadeadora de tempestades e precipitações de granizo.

A maior parte das nuvens se encontra na troposfera, ou seja, entre a superfície terrestre e a tropopausa (limite superior da troposfera, variável conforme a latitude). As observações têm demonstrado que as nuvens estão geralmente situadas a alturas compreendias entre o nível do mar e 18km nas regiões tropicais, 13Km nas regiões temperadas e 8Km nas regiões polares. De um modo convencional, a parte da atmosfera em que as nuvens se apresentam habitualmente foi dividida verticalmente em 3 camadas, chamadas camada superior (ch), camada média (cm) e camada inferior (Cl). Cada camada está definida pelo conjunto dos níveis em que as nuvens de certo gênero apresentam-se mais frequentemente, como mostrado na tabela a seguir (MINISTÉRIO DA AGRICULTURA, 1956, p. 9).

Tabela 5.2 Distribuição média das nuvens pelas camadas de observação

Camadas	Grupos	Região polar	Região temperada	Regiões tropicais	Nuvens
Superior (Ch)	Nuvens altas	3.000 a 8.000m	5.000 a 13.000m	6.000 a 18.000m	Ci, Cc e Cs
Média (Cm)	Nuvens médias	2.000 a 4.000m	2.000 a 7.000m	2.000 a 8.000m	Ac, As e Ns
Inferior (Cl)	Nuvens baixas	Até 2.000m	Até 2.000m	Até 2.000m	Sc, St, Cu, Cb

Fonte: Ayoade (1991, p. 151-2); Retallack (1977, p. 63); Tubelis e Nascimento (1984, p. 176)

A partir daí, aparecem várias especificações e assim ocorrem códigos diferentes para caracterizações diferentes, como: nuvens baixas (Cl 1, Cl 2, Cl 3...); nuvens médias (Cm 1, Cm 2...); nuvens altas (Ch 1, Ch 2, Ch 3...Ch 9).

5.1 FORMAÇÃO DAS PRECIPITAÇÕES

Relembrando, a condensação é o processo pelo qual o vapor d'água contido no ar atmosférico é novamente transformado em água líquida. O início do processo de condensação é visualizado pela formação de uma nuvem no céu. A condensação do vapor d'água no interior de uma massa de ar tem início quando esta atinge a saturação, que implica na diminuição da capacidade de retenção de vapor d'água.

A condensação resulta normalmente do resfriamento do ar úmido, isto é, do ar que contém vapor d'água. Assim, quanto menor a temperatura, menor será a quantidade de água necessária para saturar o ar. A condensação pode ainda resultar do aumento do vapor d'água ou do encontro com outra massa de ar de temperatura menor.

Precipitação 87

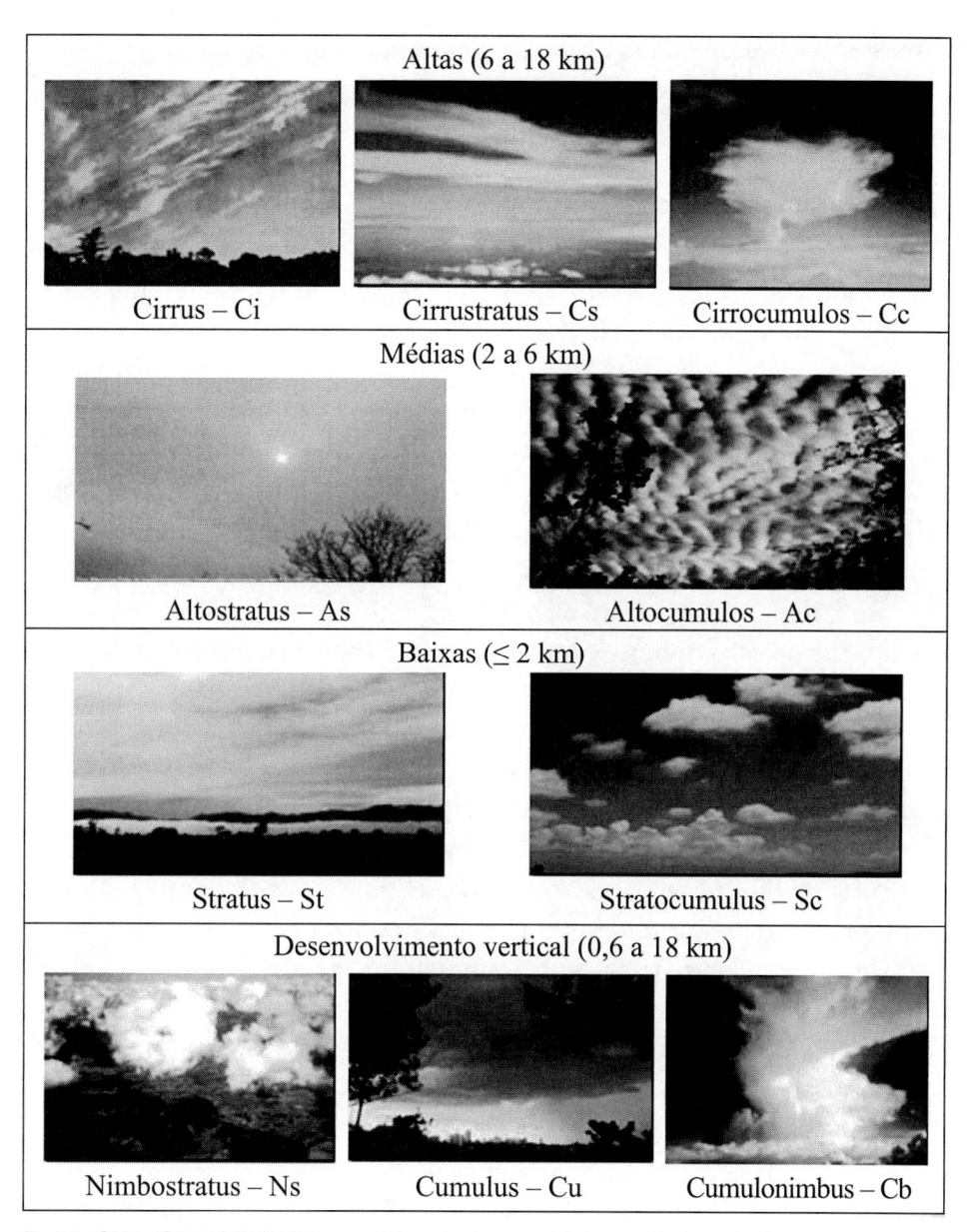

Altas (6 a 18 km)		
Cirrus – Ci	Cirrustratus – Cs	Cirrocumulos – Cc
Médias (2 a 6 km)		
Altostratus – As		Altocumulos – Ac
Baixas (≤ 2 km)		
Stratus – St		Stratocumulus – Sc
Desenvolvimento vertical (0,6 a 18 km)		
Nimbostratus – Ns	Cumulus – Cu	Cumulonimbus – Cb

Projeto CNPq/CPTEC/INPE "Desenvolvimento de material de estudo dos princípios de meteorologia e meio ambiente para estudantes, professores e meios de comunicações" elaborado por Lívia Teixeira com apoio de Ana Paula Tavares(WebDesigner) e Marcos Araújo(WebMaster).

Figura 5.2 Principais tipos de nuvens

Tendo atingido o nível de condensação, a nuvem formada é constituída de gotículas de água que, pelas suas pequenas dimensões, permanecem em suspensão na atmosfera. Enquanto predominam as forças ascendentes sobre a força gravitacional, as gotículas se elevam. Quando a componente gravitacional predomina, as gotículas descendem na atmosfera, dando origem à precipitação.

O crescimento das gotas d'água nas nuvens, para que ocorra uma precipitação, se dá, basicamente, por *colisão* e *coalescência* (existem ainda outros processos, como a *agregação* e a *acresção*). Nesse caso, as gotículas se juntam por colisão, em sistema turbulento, atingindo tamanhos suficientes para começarem a queda e daí incorporarem mais gotículas pelo caminho, garantindo a precipitação (VALENTE; GOMES, 2005, p. 50). A *coalescência*, processo em que "gotas maiores, caindo pelas gotinhas que se movem mais lentamente, colidem com elas e, por assim dizer, capturam-nas, para formar gotas ainda maiores" (FORSDYKE, 1969, p. 59), funciona nas regiões tropicais para a precipitação a partir de nuvens em que não há gelo.

Todavia, o ar na realidade está cheio de partículas minúsculas em suspensão – sulfato de sódio, sulfato de cálcio, cloreto de sódio, hidrocarbonetos, fosfatos, carbonatos, fibras têxteis, grãos de pólen, células epidérmicas, bactérias, argila, amoníaco, poeira, fumaça, óxidos de enxofre e outros produzidos nas zonas urbanas e industriais. Por vezes, são milhares dessas partículas, e algumas delas favorecem a condensação e estimulam a formação de gotas d'água à sua volta. São os chamados *núcleos de condensação* que, por terem uma afinidade especial pela água, são denominados *núcleos higroscópicos*. As partículas de sal provenientes do mar pertencem a essa categoria e podem provocar a condensação antes que a umidade relativa do ar alcance os 100%. De acordo com Conti (1998, p. 14), um fator que pode acelerar o processo de condensação e agravar os índices de poluição é a presença de micropartículas em suspensão na atmosfera. Tais corpos (de origem orgânica, mineral ou industrial) atuam como núcleos ao redor dos quais se condensa o vapor d'água, estimulando, assim, as precipitações.

Quando as partículas d'água, de que são compostas as nuvens, se condensam mais vigorosamente, avolumam-se e, perdendo o apoio da atmosfera, caem sobre a terra, sob a forma de precipitação líquida (chuva e chuvisco) ou precipitação sólida (neve, granizo ou saraiva).

Chuva, por definição meteorológica, é "a precipitação de partículas de água líquida sob a forma de gotas de diâmetro superior a 0,5 mm" (MINISTÉRIO DA AGRICULTURA, 1969, p. 55). A velocidade de queda das gotas de chuva varia de quatro a nove metros por segundo. Assim, como explica

Mourão (1988, p. 22), "se a velocidade ascendente for de 9m/s, a gota grande pode manter-se no alto". Observe a tabela a seguir.

Tabela 5.3 Relação entre tamanho de gotas e velocidade de queda

Tipo de gota	Diâmetro (em μm)	Velocidade de queda (em m/s)
Gota grande de chuva	5.000	8,9
Gota pequena de chuva	1.000	4,0
Garoa grossa	500	2,8
Garoa	200	1,5
Gotícula grande	100	0,3
Gotícula média	50	0,07

Fonte: Mourão (1988, p. 76)

O estágio de chuva inicia-se quando é atingido o nível de condensação, e se prolonga até o nível em que a temperatura do ar torna-se igual a –12 °C. Neste estágio, a nuvem é caracterizada por vapor d'água e gotículas de água líquida, e se resfria na ascensão segundo o gradiente adiabático úmido que se estabelece. A precipitação que se forma a partir de nuvens até este estágio é sempre pluvial. As gotículas da nuvem entre as temperaturas de 0 °C e –12 °C não se solidificam e por esta razão são denominadas gotículas de água super-resfriadas (TUBELIS; NASCIMENTO, 1984, p. 199), ou seja, a água é resfriada a uma temperatura inferior ao seu ponto de congelamento (0 °C à pressão normal) e permanece, todavia, no estado líquido, em função, basicamente, das condições atmosféricas diferenciadas em altitude, como a menor pressão atmosférica.

Como observação, cumpre esclarecer que o chuvisco consiste em uma precipitação bastante uniforme, composta unicamente de finas gotas de água bem próximas umas das outras. Por convenção, admite-se que o diâmetro das gotas d'água do chuvisco é inferior a 0,5 mm. O chuvisco provém de nuvens estratiformes, cuja espessura não excede algumas centenas de metros. Não alcança o solo, exceto quando as correntes ascendentes são muito fracas (RETALLACK, 1977, p. 100). O chuvisco (ou garoa) é a precipitação líquida inferior a 1 mm/hora.

Granizo é a precipitação de pequenas bolas ou pedaços de gelo. Quando a solidificação é muito rápida, ou seja, quando ocorre a sublimação (passagem da água do estado gasoso diretamente para o estado sólido), ou quando se produz em um meio contendo pequenas gotas *super-resfriadas* (ainda líquidas a uma temperatura inferior a 0 °C), como resultado de um resfriamento muito rápido a temperaturas em torno (ou abaixo) de –12 °C (até –40 °C), o gelo se forma em massas amorfas ou apresenta pequenos traços de cristalização.

Segundo Conti (1998, p. 59-60), o granizo é um fenômeno de escala local e se precipita em coluna. Os cúmulos-nimbos exibem em seu interior um complexo mecanismo de correntes ascendentes e descendentes, em que as primeiras se elevam até seu limite superior, a cerca de 10.000 metros. As gotículas de água produzidas pelo processo de condensação continuam a subir, impulsionadas pelas correntes ascendentes, permanecendo, porém, em estado líquido até a altitude de 8,5Km, aproximadamente, onde a temperatura é da ordem de –35 °C, verificando-se nesse momento o fenômeno da superfusão. A partir desse nível, as gotículas transformam-se em cristais de gelo. Ao precipitar-se, afluem para o nível anterior, no qual está se verificando a condensação, e aí tendem a aumentar pela deposição, isto é, pela fixação do vapor d'água diretamente no estado sólido ou por sublimação inversa. Tem início então a formação do granizo. O processo prossegue, e os cristais aumen-

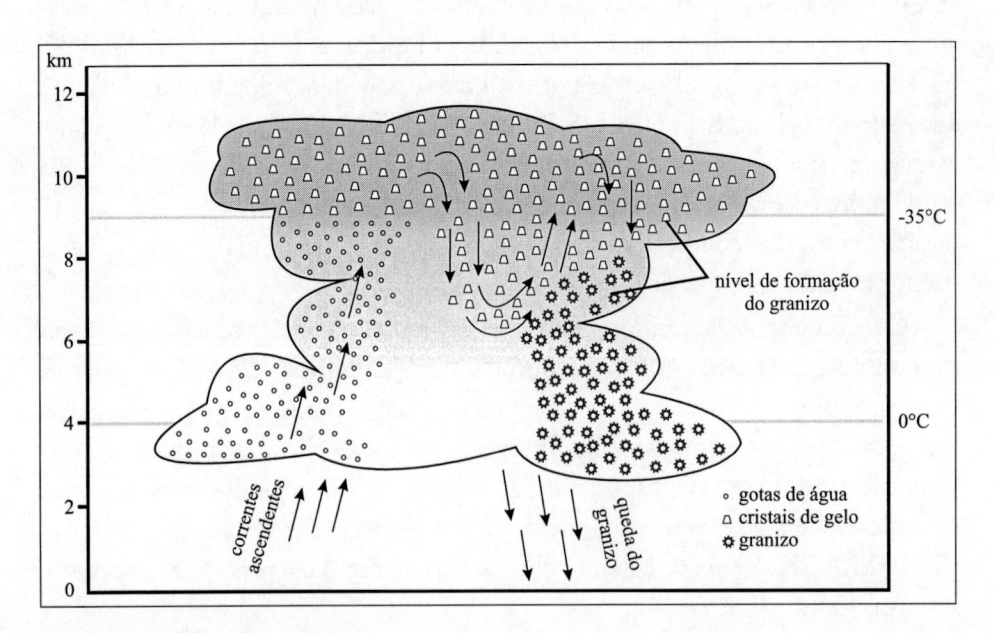

Adaptado de: Conti (1998, p. 60)

Figura 5.3 Esquema de formação do granizo

tam de tamanho graças à *coalescência*, podendo ser novamente elevados pelas correntes ascendentes e mais uma vez retornar ao nível de condensação, onde sofrerão nova deposição de vapor. Isso explica porque o granizo, mesmo examinado a olho nu, mostra várias camadas de água solidificada. Ao atingir uma massa superior à energia das correntes ascendentes, precipita-se em estado sólido, podendo provocar verdadeiras catástrofes em áreas agrícolas.

Se a condensação (sublimação) se dá a temperaturas muito baixas (em torno ou abaixo de –40 °C), mas de forma lenta e progressiva, o vapor d'água também passa diretamente para o estado sólido, e aqui o gelo toma formas cristalinas mais ou menos regulares, simples ou complexas, que constituem a neve. Observe que a precipitação de neve demanda, mesmo na superfície, temperaturas bastante baixas (0 °C ou menor) e por isso tal tipo de precipitação é mais comum em áreas de altas latitudes e/ou altas montanhas. Caso contrário, "se a temperatura entre o nível das nuvens e o solo estiver suficientemente elevada, a neve derreterá na sua queda e será transformada em chuva" (FORSDYKE, 1969, p. 66). Como observam Atkinson e Gadd (1990, p. 89), a formação de neve é diferente da formação de chuva. As gotículas de água juntam-se e congelam sobre cristais de gelo microscópicos, aumentando de tamanho. Esses cristais formam então agregados característicos que caem no solo em flocos de neve, e que se precipitam com a velocidade média de um metro por segundo (MOURÃO, 1988, p. 22-3).

A saraiva é a precipitação de glóbulos ou pedaços de gelo cujo diâmetro atinge de 5 a 50 mm, ou às vezes mais, e que caem, ora separados uns dos outros, ora aglomerados em blocos irregulares. Os grânulos de saraiva ocorrem quando se formam gotas de chuva em cúmulos-nimbos, porque podem ser arrastadas para cima e ultrapassar o nível de congelação por várias vezes. Adquirem assim camadas sucessivas de gelo até que o peso adquirido os faça finalmente cair (ATKINSON e GADD, 1990, p. 89).

As chuvas podem ser classificadas em três tipos principais, de acordo com sua gênese: chuvas convectivas ou de convecção, chuvas frontais ou ciclônicas e chuvas orográficas ou de relevo.

Chuvas convectivas: as nuvens de convecção (grandes cúmulos ou cúmulos--nimbos) são formadas a partir da ascensão de uma massa de ar úmido em regiões quentes, sendo, pois, comuns em áreas quentes e úmidas. Com o aumento da concentração de vapor d'água ou com o resfriamento dessa massa de ar (seja em função da altitude, seja pela presença de ventos mais frios), ocorre

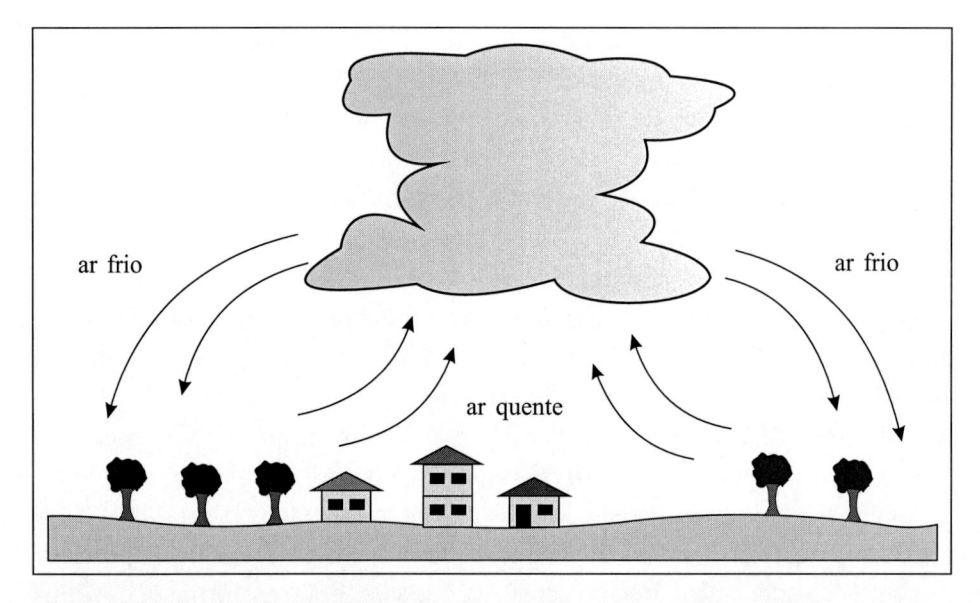

Adaptado de: Valente e Gomes (2005, p. 51)

Figura 5.4 Representação esquemática das chuvas convectivas

a saturação do vapor d'água, resultando em chuvas pesadas e intensas, embora de duração mais curta. Nas regiões equatoriais, onde ocorrem baixas pressões e evaporação constante e intensa, devido às elevadas temperaturas, ocorrem, comumente, chuvas de convecção. Na região tropical essas chuvas são comuns no verão, quando, depois de atingida a temperatura máxima do dia, ou seja, à tarde ou no início da noite, "despencam" como um forte aguaceiro, em geral, de curta duração e acompanhadas de raios, relâmpagos e trovões.

Chuvas frontais: este tipo de chuva (chamada frontal, ciclônica ou de médias latitudes) está associado à instabilidade causada pelo encontro de duas massas de ar de características térmicas diferentes (uma massa de ar quente e outra de ar frio). É uma precipitação moderadamente intensa, contínua e que afeta áreas bastante extensas. São comuns nas áreas de médias latitudes, onde ocorre normalmente (principalmente no período do inverno) o encontro de massas de ar de características térmicas opostas. Com o lento resfriamento do ar, ocorre a saturação e posterior condensação do vapor d'água, e consequentemente, as chuvas frontais.

Chuvas orográficas: as chuvas orográficas, orogênicas ou de relevo, ocorrem devido à ascensão forçada de ventos úmidos ante um obstáculo do relevo.

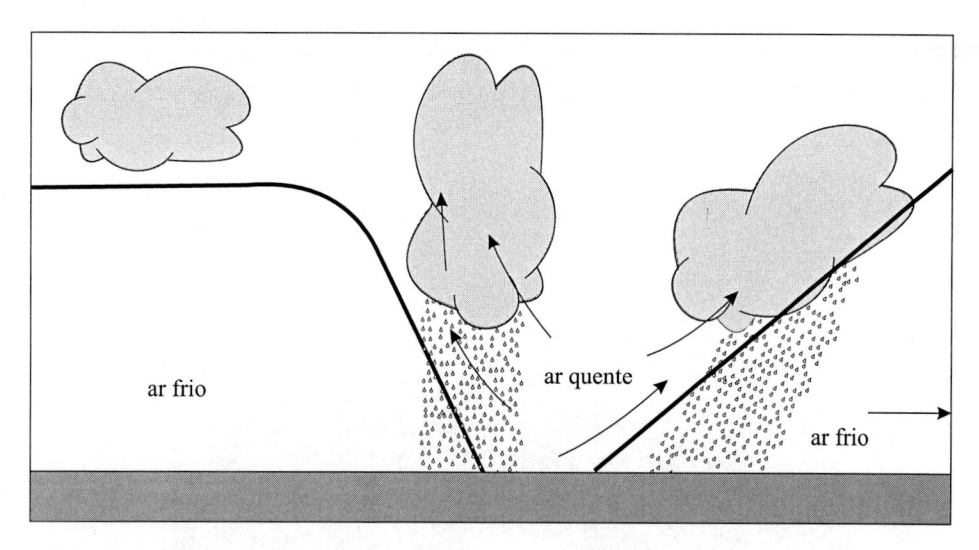

Adaptado de: Valente e Gomes (2005, p. 52)

Figura 5.5   Representação esquemática das chuvas frontais

O ar, obrigado a se elevar para transpor o obstáculo, resfria-se (com a altitude), podendo saturar-se. As vertentes do obstáculo voltadas para o vento (barlavento) ficam cobertas de nuvens das quais cai a chuva. Do outro lado do obstáculo (sotavento), o ar descendente é seco e, em geral, frio, com suas características iniciais modificadas. Um bom exemplo é dado pela cidade paulista de Itapanhaú, na Serra do Mar, que apresenta chuvas típicas de relevo, registrando índices pluviométricos anuais da ordem de 4.514 mm. Outro exemplo é dado pelas Monções Asiáticas, propiciadas pela Cordilheira do Himalaia.

Os ventos, a latitude, as correntes marítimas, a vizinhança com o mar, a disposição do relevo e a vegetação, dentre outros fatores, muito influenciam na distribuição desigual das chuvas sobre a superfície terrestre. Da mesma forma, é enorme a influência dos diferentes regimes pluviométricos sobre a vegetação, a agricultura, a vida animal e humana. A falta e a irregularidade das chuvas são as causas (e características) principais da formação e manutenção das áreas áridas ou desérticas, aquelas com índice pluviométrico anual inferior a 250 mm ("em Arica, na região desértica do norte do Chile, houve uma série de 53 anos consecutivos em que só foi recolhido 0,8 mm de chuva" – Ross, 1995, p. 84), e semiáridas ou semidesérticas (com índices pluviométricos baixos, mas superiores a 250 mm/ano), como Cabaceiras, na Paraíba, com 331 mm/ano (ROSS, 1995, p. 105).

94 Introdução à hidrogeografia

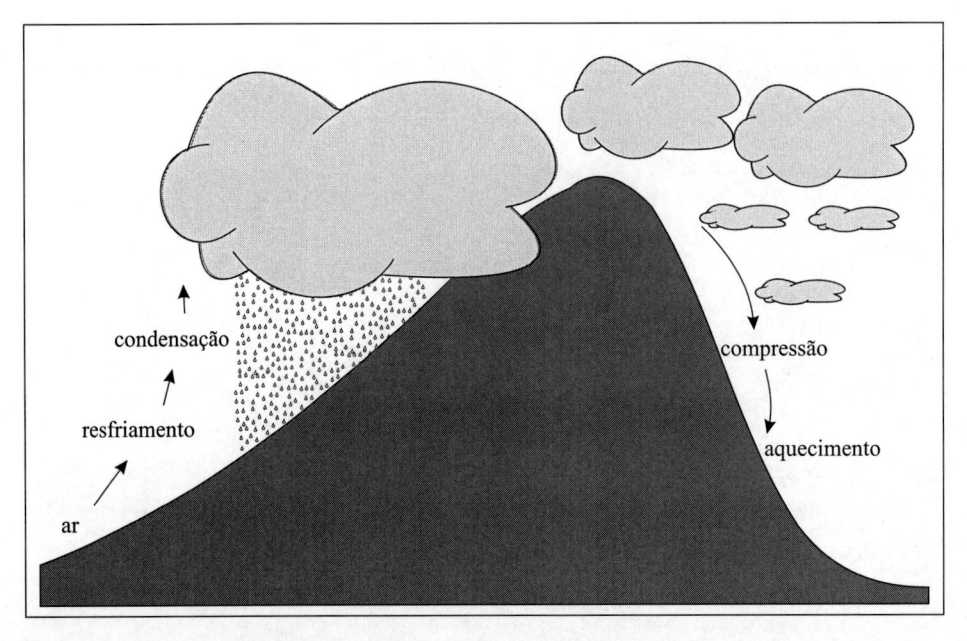

Adaptado de: Tubelis e Nascimento (1984, p. 170)

Figura 5.6 Esquema das chuvas orogênicas

Assim, não se torna unicamente importante a quantidade de chuvas, mas também sua distribuição. Do ponto de vista zonal, isto é, das faixas de latitude, há um máximo principal no equador e dois secundários na altura das latitudes médias, ambos coincidindo com áreas de baixa pressão e dois mínimos nas latitudes em torno dos 30° e nos polos norte e sul, correspondendo às zonas de alta pressão, verificando-se, por conseguinte, uma relação direta entre distribuição de pressão e chuvas (ROSS, 1995, p. 95-6).

A precipitação é caracterizada por sua **duração** (tempo decorrido entre seu início e seu término) e por sua **intensidade**, definida como a quantidade de água precipitada por unidade de tempo, usualmente expressa em milímetros por hora (mm/h). Como ilustrado por Conti (1998, p. 34-5), "as chuvas podem ser consideradas intensas a partir de 30 mm/h, e críticas quando ultrapassam 50 mm/h". Elas tornam-se particularmente catastróficas quando se precipitam em grande quantidade e num espaço de tempo muito curto. São as chamadas precipitações torrenciais. No Brasil o recorde pertence a Ubatuba (SP), onde, no dia 21 de novembro de 1969, precipitaram-se 380 mm, o que equivale a mais de um quarto do total de chuvas de um ano na

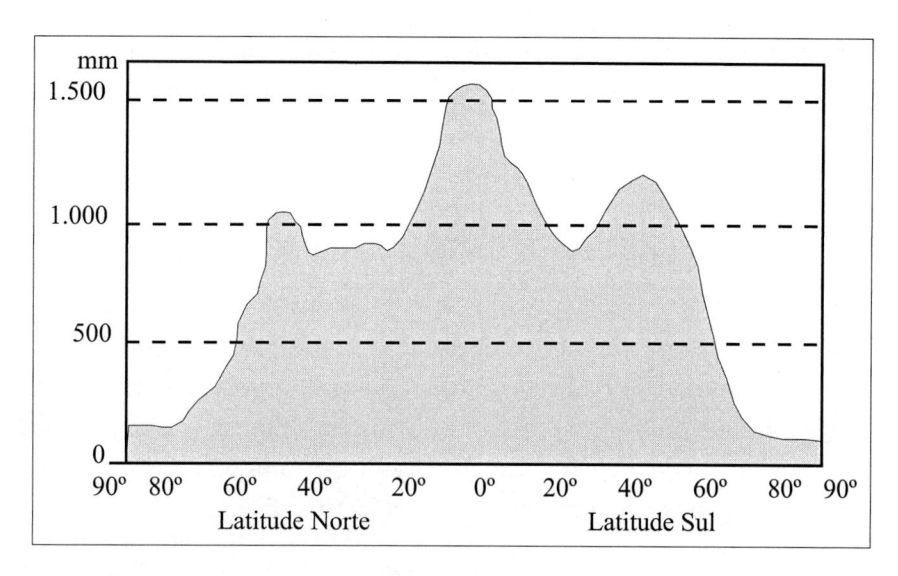

Adaptado de: Ross (1995, p. 96)

Figura 5.7 Distribuição das precipitações conforme as latitudes

cidade de São Paulo (1.454,8 mm). O quadro a seguir reúne alguns índices extremos de precipitação já registrados.

Quadro 5.1 Extremos de precipitação pluvial

Período	Precipitação (mm)	Local de ocorrência	Data
Em 1 ano	26.461,2 (*)	Tcherrapundji (Índia)	1861
Em 1 mês	9.394	Tcherrapundji (Índia)	1861
Em 1 dia	1.869,9 (*)	Cilaos – Ilhas Reunião	15-16/03/1952
Em uma hora	304,8	Missouri (EUA)	1907 (junho)
Em 15 minutos	198,1	Jamaica	1916 (maio)
Em 5 minutos	63,5	Panamá	1911 (novembro)
Em 1 minuto	31,2	Maryland (EUA)	1956 (julho)

Fonte: Forsdyke (1969, p. 64); (*) Mourão (1988, p. 115)

A quantidade de chuva é normalmente expressa em termos da espessura da camada de água que se formaria sobre uma superfície horizontal, plana e impermeável, com $1m^2$ de área, caso não ocorresse evaporação, escoamento superficial e infiltração. A unidade adotada é o milímetro (mm), que corresponde à queda de um litro de água por metro quadrado da projeção da superfície. Ou seja, "a queda de um milímetro de chuva em uma localidade significa que toda a água precipitada daria para cobrir a região com um lençol líquido de um milímetro de espessura" (MINISTÉRIO DA AGRICULTURA, 1969, p. 01).

$$1 \text{ litro/m}^2 = 1 \text{ dcm}^3/100\text{dcm}^2 = 0,1 \text{ cm} = 1 \text{ mm}$$

Medir chuvas em milímetro, entretanto, pode parecer estranho à primeira vista, já que quantidades de líquido são sempre relacionadas com unidades de volume como litros, metros cúbicos etc. Valente e Gomes (2005, p. 18-21) explicam de maneira bastante didática e compreensível uma forma de aplicar os cálculos pluviométricos. Veja a Figura 5.8.

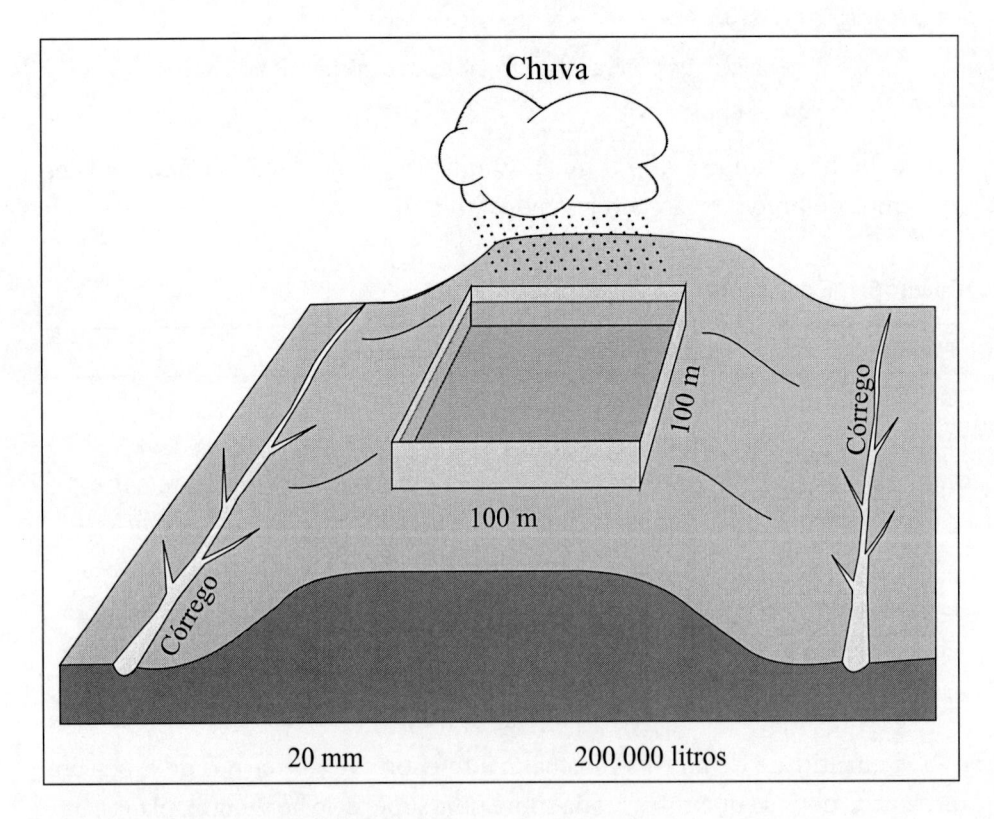

Adaptado de: Valente e Gomes (2005, p. 21)

Figura 5.8 Quantificação de chuvas

Suponhamos, para uma determinada área de interesse, uma chuva de 60 mm. Sobre essa área vamos imaginar uma caixa de base quadrada, de 100 metros de lado, como o esquema da Figura 5.8. No final do dia haverá dentro da caixa uma lâmina d'água de 60 mm de altura, ou 0,06m. Essa é a interpretação da chuva medida em milímetros. Portanto, se toda a área atingida pela chuva citada fosse transformada em uma caixa, ao longo de toda ela existiria uma lâmina d'água de 60 mm de altura. Voltando à caixa original e à água nela acumulada pela chuva, poderemos assim calcular o volume recolhido:

Área da base da caixa = 100m × 100m = 10.000m^2;

Volume de água em metros cúbicos (m^3):

V = 10.000m^2 × 0,06m; V = 600m^3

Volume de água em litros (L):

1m^3 = 1.000L

V = 600m^3 × 1.000L/m^3; V = <u>600.000L</u>

A área da base da caixa do exemplo, de 100m × 100m, é correspondente à área de um hectare. Então, quando uma propriedade for atingida por uma chuva com as características apresentadas, cada hectare receberá 600.000 litros d'água.

capítulo 6

Interceptação

A *interceptação*, também denominada *intercepção*, pode ser definida como o processo de interceptação, pela vegetação, de parte da chuva precipitada, evitando desse modo que ela atinja diretamente o solo, diminuindo sua energia cinética e minimizando a chamada erosão por salpico (ART, 2001, p. 299; LIMA-E-SILVA et al., 1999, p. 134). Alguns autores trabalham com a ideia da *retenção superficial*, que abrange a água interceptada pela vegetação e também aquela acumulada nas depressões do relevo.

Para Tucci (1993, p. 243), por exemplo, a interceptação é a retenção de parte da precipitação acima da superfície do solo e pode ocorrer devido à vegetação ou outra forma de obstrução ao escoamento. O volume retido é perdido por evaporação, retornando à atmosfera. Esse processo interfere no balanço hídrico da bacia hidrográfica, funcionando como um reservatório que armazena uma parcela da precipitação. Mas o autor esclarece que "a retenção de parte do escoamento por depressões do solo não pode ser considerada uma interceptação propriamente dita, já que parte do volume retido retorna ao fluxo da bacia através da infiltração".

Como destacado por esse mesmo autor, as depressões do solo ou a baixa capacidade de drenagem podem provocar o armazenamento de grandes volumes de água reduzindo a vazão média da bacia. No Rio Paraguai, observa-se em alguns trechos que a vazão média diminui para jusante devido ao aumento das áreas de inundação que represam parte do volume de montante (TUCCI, 1993, p. 243).

A interceptação vegetal depende de vários fatores, tais como as características da precipitação (intensidade, volume precipitado e chuva antecedente), as condições climáticas, o tipo e a densidade da vegetação e o período do ano. Em regiões onde ocorre maior variação climática, ou seja, em latitudes mais elevadas, a vegetação apresenta uma significativa variação da folhagem ao longo do ano, o que interfere diretamente na interceptação.

Na figura a seguir, são apresentadas curvas relacionando o total precipitado e interceptado, para diferentes intensidades de precipitação. Observa-se

```
                    1   0 – 4 mm hr⁻¹
                    2   > 4 mm hr⁻¹
```

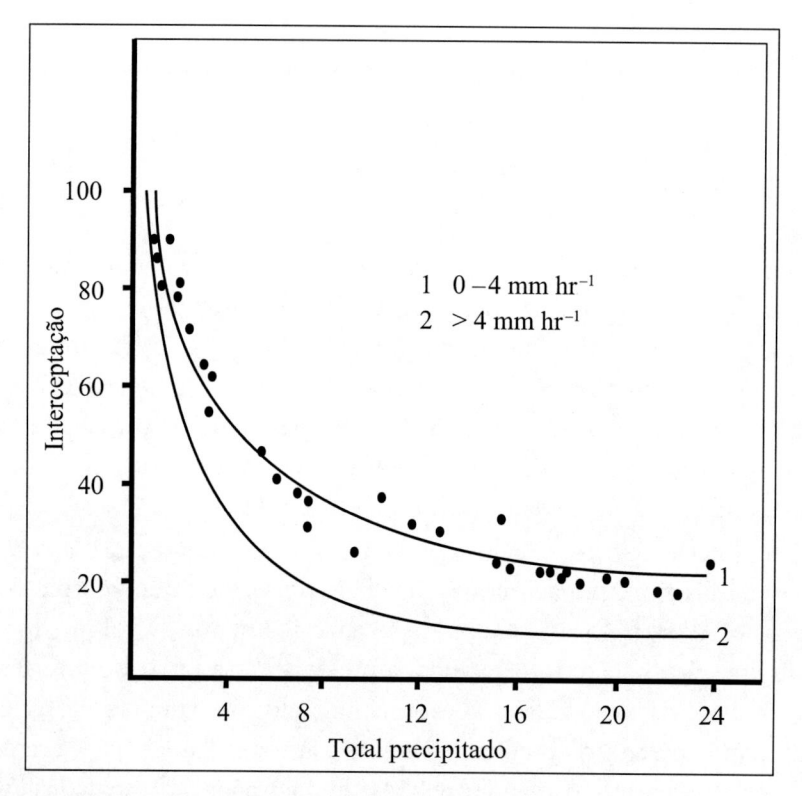

Adaptado de: Tucci (1993, p. 244)

Figura 6.1 Relação entre interceptação/intensidade/precipitação

que para um mesmo total precipitado a interceptação diminui com o aumento da intensidade.

Tucci (1993, p. 244-5) apresenta a seguinte equação de continuidade do sistema de interceptação:

$$Si = P - T - C$$

- Onde: **Si** é a precipitação interceptada; **P** é a precipitação; **T** é a precipitação que atravessa a vegetação; **C** é a parcela que escoa pelo tronco das árvores.

De forma didática, Tricart (1977, p. 24) explica o importante papel da vegetação na interceptação de parte das chuvas. A superfície das folhas oferece muitas irregularidades, o que se chama *rugosidade* alta. As primeiras gotas são retidas por essas irregularidades. Somente depois as gotas seguintes podem escoar ao longo das folhas e pequenos ramos, até certos pontos onde uma inversão da pendente provoca sua queda, em forma de goteiras. Depois da chuva, a quantidade de água que foi necessária para molhar as folhas não cai no chão. Ela evapora e se reintegra diretamente na atmosfera. Registrada pelos pluviômetros, ela não aparece na vazão dos rios e faz parte do déficit de escoamento. Isto é a *intercepção*. Do ponto de vista do fluxo de energia, ela corresponde a uma dispersão de energia pelas partes aéreas dos vegetais.

6.1 VEGETAÇÃO E PROTEÇÃO DO SOLO

De maneira geral, quanto mais densa for a cobertura vegetal, tanto maior sua importância no processo de interceptação da chuva, o que reduz a ocorrência de problemas ligados à erosão e a formação de enxurradas. Tucci (1993, p. 243) exemplifica que nas florestas, para pequenos volumes de precipitação (<0,3 mm), todo o volume é retido, e para precipitações superiores a 1 mm, de 10 a 40% pode ficar retido. A folhagem da floresta amazônica, por exemplo, intercepta em média 17% do total precipitado, isto é, esse percentual não chega ao solo (Molion, 1988, p. 46).

Pode-se concluir que a cobertura vegetal (distribuição, tipologia, densidade etc.) se reveste de especial significado para o estudo de bacias hidrográficas. Sua presença se relaciona especialmente à proteção dos solos e, por consequência, também aos processos de infiltração, de escoamento superficial, de evaporação, de erosão e transporte de sedimentos, todos eles diretamente relacionados à qualidade e à quantidade de água.

Fato grandemente pesquisado e difundido, a retirada e/ou substituição da cobertura vegetal implica em substanciais alterações na equação existente entre os elementos vegetação/solos/clima/água, de modo que a alteração em qualquer um deles acarreta, por via de consequência, significativas transformações nos demais.

A cobertura vegetal intervém diretamente nos efeitos da erosão pluvial, quer seja "pelo fornecimento à superfície do solo de detritos vegetais que desempenham papel amortecedor" (TRICART, 1977, p. 27), quer seja pela intercepção de parte das precipitações, evitando assim o primeiro impacto erosivo dos solos que é propiciado pela ação mecânica das gotas de chuva.

Seu sistema radicular, "constituído de uma infinidade de filamentos microscópicos aderentes aos grãos de solo, dá uma solidez muito maior à sua estrutura, ao mesmo tempo em que aumenta sua porosidade" (BRANCO e ROCHA, 1977, p. 78), além de assegurar "uma alta infiltração da água que alimenta o lençol freático durante o ano todo" (FREIRE, 1995, p. 293). Com a retirada da vegetação, são acelerados os processos de empobrecimento dos solos, havendo migração dos nutrientes, por infiltração, para os níveis mais profundos.

Com relação ao ciclo hidrológico, a vegetação cumpre papel dos mais significativos, atuando como elemento que equaciona a relação entre precipitação, infiltração e escoamento superficial (Tabela 6.1). Ela desempenha importante papel com relação aos mananciais, "pois é reguladora dos fluxos de água, controlando o escoamento superficial e proporcionando a recarga natural dos aquíferos" (MOTA, 1988, p. 128). Como regra geral, quanto mais expressiva a cobertura vegetal, tanto maior será a infiltração de água no solo e, consequentemente, menores serão o escoamento superficial e seus efeitos diretos combinados (erosão e assoreamento).

Tabela 6.1 Relação entre chuvas, cobertura vegetal e escoamento superficial

Tipologia da área	% de chuva retida no local	% escoado
Bacias naturais/florestas	80 a 100	0 a 20
Bacias com ocupação agrícola/cultivos	40 a 60	40 a 60
Bacias com ocupação residencial	40 a 50	50 a 60
Bacias com ocupação urbana pesada	0 a 10	90 a 100

Adaptado de: *Revista CREA/RJ*, nº 28, fev.-mar.2000, p. 10-1.

A retirada e/ou a substituição da cobertura vegetal ocasiona um desequilíbrio nesse sistema, resultando no maior e mais rápido escoamento superficial, na diminuição da infiltração das águas que sustentam os mananciais subterrâneos e ainda, como consequência, maior erosão do solo, com transporte dos sedimentos até os corpos hídricos, provocando significativas alterações ecológicas, assoreamento e a indesejável diminuição da capacidade de armazenamento dos mananciais.

As áreas cobertas por florestas apresentam, em geral, menores problemas com relação aos processos erosivos em razão de a vegetação favorecer a infiltração e dificultar o escoamento superficial da água. É justamente essa água infiltrada no solo que irá alimentar o lençol freático, garantindo sua disponibilidade para os vegetais e para o abastecimento humano. Quando as chuvas não encontram a vegetação que favorece sua infiltração, há aumento do escoamento superficial (em volume e em velocidade) que se destina aos canais fluviais, ocasionando a rápida subida de suas lâminas d'água. No período das secas, a água que alimentaria os canais é aquela que deveria ter se infiltrado. Quando a vegetação de uma área é retirada, há uma clara tendência de ocorrerem grandes extremos de vazão dos cursos d'água, principalmente em áreas urbanizadas, onde a vegetação cede lugar a grandes extensões impermeabilizadas.

Como se pode concluir, os efeitos erosivos encontram-se intimamente correlacionados à cobertura dos solos dada pela vegetação. A perda de solo por efeitos erosivos, segundo a proteção dada por diferentes tipos de vegetação, pode ser observada na tabela a seguir.

Tabela 6.2 Relação entre cobertura vegetal e perda de solos

Vegetação	Perdas de terra (Kg/Ha/ano)	Tempo para desgaste de 15 cm (anos)
Mata original	4	440.000
Pastagem	400	4.000
Cafezal	900	2.000
Soja	20.100	85
Algodão	26.600	70

Fonte: Branco e Rocha (1977, p. 79); Schultz (1978, p. 24); Galeti (1973, p. 56)

capítulo 7

Evaporação e evapotranspiração

Evapotranspiração, de acordo com Valente e Gomes (2005, p. 114), "é a expressão utilizada para indicar o total de água devolvida à atmosfera pelos fenômenos de evaporação e transpiração". A evaporação e a transpiração são componentes naturais do ciclo hidrológico e através deles a água precipitada pelas chuvas e pela neve retorna à atmosfera.

O conhecimento da evaporação constitui parâmetro importante no estudo da economia de água em reservatórios expostos, na secagem natural de produtos, na irrigação, sendo elemento de grande influência ecológica, animal e vegetal.

7.1 EVAPORAÇÃO

A evaporação é o processo natural através do qual a água, a partir de uma superfície de água ou de uma superfície úmida ou molhada, passa para a atmosfera sob a forma de vapor, a uma temperatura inferior à da ebulição. Nessa definição está envolvida a evaporação que ocorre nos oceanos, rios, reservatórios de água, na neve, da água das chuvas e do orvalho que se depositou sobre as superfícies.

Regiões de clima quente e seco favorecem a evaporação, ao passo que em regiões de clima frio e úmido ocorre o contrário. Em uma região semiárida cerca de 96% da precipitação total anual podem evaporar-se. A evaporação do lago Nasser, formado pela Barragem de Assuã, no Egito, por exemplo, é da ordem de 15% da vazão anual média do rio Nilo (PORTO et al., 2000).

A taxa de evaporação consiste na quantidade de moléculas de água que deixam a superfície líquida e que escapam de sua influência. A taxa é diretamente proporcional ao suprimento energético da *superfície evaporante* e à remoção de moléculas d'água de junto dessa superfície (TUBELIS; NASCIMENTO, 1984, p. 263).

Alguns elementos meteorológicos se tornam importantes fatores intervenientes, pois afetam diretamente o processo de evaporação, tais como:

- Umidade relativa do ar: como explicado por Martins (2005, p. 56), o grau de umidade relativa do ar atmosférico é a relação existente entre a quantidade de vapor d'água aí presente e a quantidade de vapor d'água no mesmo volume de ar se ele estivesse saturado de umidade. Assim, quanto maior a quantidade de vapor d'água presente no ar atmosférico, tanto maior o grau de umidade e menor a intensidade da evaporação;
- Temperatura: a elevação da temperatura tem influência direta na evaporação porque eleva o valor da pressão de saturação do vapor d'água, permitindo que maiores quantidades de vapor d'água possam estar presentes no mesmo volume de ar, para o estado de saturação;
- Vento: o vento atua na evaporação renovando o ar em contato com as massas de água ou com a vegetação, afastando do local as massas de ar que já tenham grau de umidade elevado;
- Radiação solar: o calor radiante fornecido pelo sol constitui a energia motora para o próprio ciclo hidrológico. Como apresentado por Martins (2005, p. 58), "a potência média anual da radiação solar incidente sobre a superfície da Terra é de 0,1 a 0,2 KW/m^2, valor suficiente para evaporar uma lâmina de água de 1,30 a 2,60m de altura";
- Pressão: a influência da pressão é pequena, só sendo apreciada para grandes variações de altitude. Quanto maior a altitude, menor a pressão barométrica e maior a intensidade da evaporação (MARTINS, 2005, p. 58). Além desses, contam-se outros elementos como a salinidade das águas, a tipologia, composição e textura dos solos e o coeficiente de reflexão (albedo) das diferentes superfícies.

Segundo Valente e Gomes (2005, p. 114), o processo de evaporação ocorre consumindo energia do meio, o chamado calor latente de vaporização, equivalente a 2.450 joules por centímetro cúbico (J/cm^3) ou 245 J/mm de lâmina d'água. Segundo Tucci e Beltrame (1993, p. 253-4) a mudança de estado físico da água líquida para vapor "consome 585 cal/g^{-1}, a 25°C". De acordo com Tubelis e Nascimento (1984, p. 264), a evaporação da água na superfície evaporante requer 590 calorias, em média, para cada grama de água. Durante o dia essa energia provém do saldo positivo de radiação, mas mesmo durante a noite ela pode ser conseguida a partir dos fluxos de calor do solo e do ar. Essas informações são extremamente importantes para o planejamento ambiental de maneira geral. Referindo-se à evaporação e à interferência antrópica nas áreas urbanas, Conti (1998, p. 44-5) destaca que a evaporação se reduz consideravelmente pela ausência de superfícies líquidas e de áreas verdes nas cidades. A água, ao se evaporar, consome 600 calorias/g, o que significa que tal energia, deixando de ser utilizada, já que a evaporação é muito pequena, fica disponível no ambiente, aumentando a sensação de desconforto térmico e acentuando o efeito da ilha de calor.

A evaporação é um fenômeno meteorológico resultante da ação combinada de uma série de outros elementos. Os elementos meteorológicos que se combinam em cada caso proporcionam totais diferentes de evaporação. Por essa razão são utilizadas as seguintes denominações principais:

Evaporação potencial (EP) – "é a altura de água que seria evaporada por uma extensa superfície de água pura, livremente exposta às condições atmosféricas reinantes no local" (TUBELIS; NASCIMENTO, 1984, p. 267). A evaporação potencial, por não considerar as variações de armazenamento de energia no sistema, reflete exclusivamente a disponibilidade energética da atmosfera em promover a evaporação. Sendo um elemento exclusivamente função das condições atmosféricas reinantes, é adotada mundialmente como referência em estudos comparativos.

Evaporação à sombra (ES) – "é a altura de água que seria evaporada por uma extensa superfície de água pura, livremente exposta às condições atmosféricas reinantes, protegida da radiação solar e do céu" (TUBELIS; NASCIMENTO, 1984, p. 267).

A medida da evaporação, numa estação climatológica, é feita através de aparelhos específicos: evaporímetros e atmômetros. Os evaporímetros são tanques que contêm água diretamente sujeita à evaporação, enquanto os atmômetros fazem uso de uma superfície porosa através da qual ocorre a evaporação.

O atmômetro de uso mais difundido é o Atmômetro de Piché, constituído de um tubo de vidro de 25 cm de comprimento e 1,5 cm de diâmetro, fechado em uma extremidade e graduado em mililitros. Na extremidade aberta recebe um disco de papel-filtro ("hóstia") de 3,2 cm de diâmetro, fixado por uma presilha. O instrumento é instalado no interior do abrigo termométrico, a 2m de altura acima do solo. Esse instrumento mede o que se denomina poder evaporante do ar, expresso em mililitros, que é proporcional à evaporação à sombra (ES).

Já o principal evaporímetro utilizado nas estações climatológicas do Brasil é o chamado "tanque de evaporação classe A" (tanque evaporimétrico), um tanque circular, de 121,9 cm de diâmetro por 25,4 cm de altura, produzido com chapa galvanizada, devendo permanecer com água variando entre 5,0 e 7,5 cm da borda superior. É montado sobre um estrado especial de madeira, ficando livremente exposto à atmosfera, tendo no seu interior um micrômetro de gancho para as leituras da variação do nível da água. A evaporação medida nesse instrumento, em milímetros de altura da água (tal qual a chuva), é proporcional à evaporação potencial (EP).

As estimativas da evaporação potencial podem ser feitas através de métodos analíticos, de métodos envolvendo relações empíricas e através de evaporímetros e atmômetros. A estimativa da evaporação potencial pode ser feita, por exemplo, a partir da evaporação medida em tanques. A conversão dos dados é feita pela seguinte expressão:

$$EP = m \cdot Et$$

- Onde: **EP** (evaporação potencial, em mm/dia); **m** (fator de proporcionalidade); **Et** (evaporação no tanque, em mm/dia); o fator de proporcionalidade (**m**) varia com o tipo de tanque utilizado e com as condições meteorológicas.

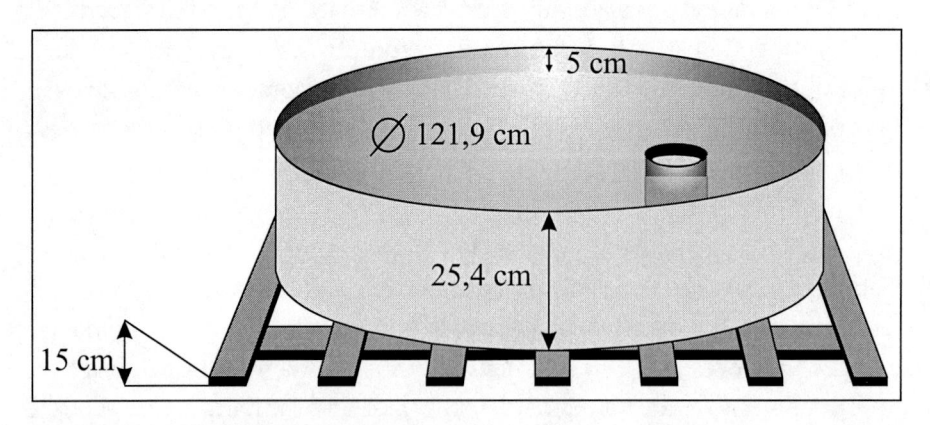

Adaptado de: Villela e Mattos (1975, p. 98).

Figura 7.1 Tanque de evaporação classe A

7.2 EVAPOTRANSPIRAÇÃO

A evapotranspiração é o processo conjugado da evaporação e da transpiração vegetal (e animal em menor escala). A evaporação é um processo físico, enquanto a transpiração é um processo biológico. O conhecimento da evapotranspiração associado com o ganho de água através das precipitações permite determinar a disponibilidade hídrica de uma região, sendo um parâmetro de grande importância na ecologia vegetal e no planejamento agrícola.

A transpiração é a evaporação da água que foi utilizada nos diversos processos metabólicos necessários ao crescimento e ao desenvolvimento das plantas. Ela se dá através dos estômatos (poros na camada externa das folhas e caules, comuns nas partes verdes) das plantas, utilizando a água que o seu sistema radicular absorveu ao longo do perfil do solo e que permitem a comunicação entre a parte interna da planta e a atmosfera. Normalmente, os estômatos ficam abertos durante o dia e fechados durante a noite.

A abertura dos estômatos é um mecanismo complexo, que varia com a espécie vegetal, mas que de uma maneira geral obedece aos seguintes fatores: disponibilidade de água no solo, intensidade de radiação solar, metabolismo da planta e concentração de CO_2. Destes, o que apresenta maior interesse meteorológico é a disponibilidade de água no solo. Os estômatos permanecem abertos enquanto houver disponibilidade de água no solo. À medida que vai ocorrendo restrição de água, os estômatos vão diminuindo sua abertura, podendo se fechar completamente. Se a restrição de água aumenta gradativamente, a planta mobiliza mecanismos de redução de transpiração.

Como exemplificam Braga et al. (2005, p. 34), "para termos uma ideia de quantidade, é interessante observar que 0,5 hectare de milho transpira dois milhões de litros de água em um ciclo vegetativo".

Para Tubelis e Nascimento (1984, p. 283), "sendo a evapotranspiração um processo conjugado, sua intensidade depende da proporção com que cada fenômeno isolado atua. É necessário estabelecer condições padrão para que se possam estudar comparativamente as diferentes formas de evapotranspiração". Surgem daí dois conceitos importantes, o de *evapotranspiração potencial* e o de *evapotranspiração real*, assim apresentados por Varejão-Silva (2000, p. 455): a evapotranspiração que se verifica em uma dada parcela de solo cultivado depende das condições meteorológicas reinantes, da atividade biológica da vegetação presente e, ainda, da umidade disponível na zona das raízes. Mantidas constantes todas as demais variáveis, a taxa evapotranspirométrica aumenta à proporção em que a umidade do solo se aproxima da capacidade de campo, em geral estabilizando-se um pouco abaixo desta. Por outro lado, à medida que a disponibilidade hídrica na zona explorada pelas raízes se aproxima do ponto de murcha permanente, a evapotranspiração tende a zero. Então, a transferência vertical de vapor d'água para a atmosfera (por evaporação e transpiração), que se verifica a partir de uma parcela de terreno vegetado em condições naturais ou de cultivo (irrigado ou não) está condicionada à disponibilidade hídrica do solo em questão e se chama evapotranspiração real. Dados de evapotranspiração real dificilmente poderiam ser usados para comparações. Primeiro porque as variáveis meteorológicas intervenientes oscilam muito no espaço e também no tempo; em segundo lugar porque o fenômeno está condicionado à resposta fisiológica da comunidade vegetal presente, a qual muda com a idade, a fase de desenvolvimento, o estado fitossanitário e a distribuição espacial dos indivíduos da espécie em questão. Assim, com o objetivo de estabelecer um parâmetro comparativo, Thornthwaite introduziu, em 1944, o termo evapotranspiração potencial.

Evapotranspiração potencial (ETP) – é a "quantidade de água transferida para a atmosfera por evaporação e transpiração, na unidade de tempo, de uma superfície extensa completamente coberta de vegetação de porte baixo e bem suprida de água" (TUCCI; BELTRAME, 1993, p. 270), mantida, assim, sem sofrer limitações hídricas.

A definição de evapotranspiração potencial implica em que a planta não ofereça nenhuma restrição às perdas de água por transpiração. Em consequência, a evapotranspiração potencial é função exclusiva das condições atmosféricas reinantes. Por isso, ela é tomada como elemento meteorológico de referência para estudos comparativos de perda de água pela vegetação em diferentes locais. À medida que ocorre restrição de água no solo, os mecanismos de redução de transpiração das plantas passam a limitar a evapotranspiração e esta deixa de ocorrer potencialmente.

Evapotranspiração real (ETR) – é a "quantidade de água transferida para a atmosfera por evaporação e transpiração, nas condições reais (existentes) de fatores atmosféricos e umidade do solo. A evapotranspiração real é igual ou menor que a evaporação potencial (ETR < ETP)". (TUCCI; BELTRAME, 1993, p. 270).

Evaporação e evapotranspiração 115

A medida da evapotranspiração é feita através de equipamentos denominados evapotranspirômetros ou lisímetros. O mais difundido no Brasil é o de Thornthwaite-Mather, que mede a evapotranspiração potencial.

São recipientes enterrados e cheios com o mesmo solo de sua escavação (Figura 7.2). A superfície gramada do evapotranspitrômetro deve estar ao mesmo nível do gramado do posto meteorológico. Ele é constituído basicamente de uma caixa de fibra, com capacidade de 310L, que deve ser enterrada no solo, deixando uma beirada de 5 cm acima da superfície. No fundo da caixa deve ser conectado um tubo de 50mm de diâmetro para conduzir o excesso de água até um pequeno recipiente, colocado no poço de visita aberto a uma distância de pelo menos 1m da beirada da caixa. O recipiente deve ter alça para facilitar a sua retirada e colocação (VALENTE; GOMES, 2005, p. 120).

A medida da evapotranspiração potencial é feita através do total de água que é usado pela vegetação num dia, determinado pela diferença entre as quantidades de água colocada e percolada:

$$ETP = P + I - C$$

- Onde **ETP** é a evapotranspiração potencial (mm/dia); **P** é a precipitação (mm/dia); **I** é a irrigação (mm/dia); **C** é a água percolada (mm/dia).

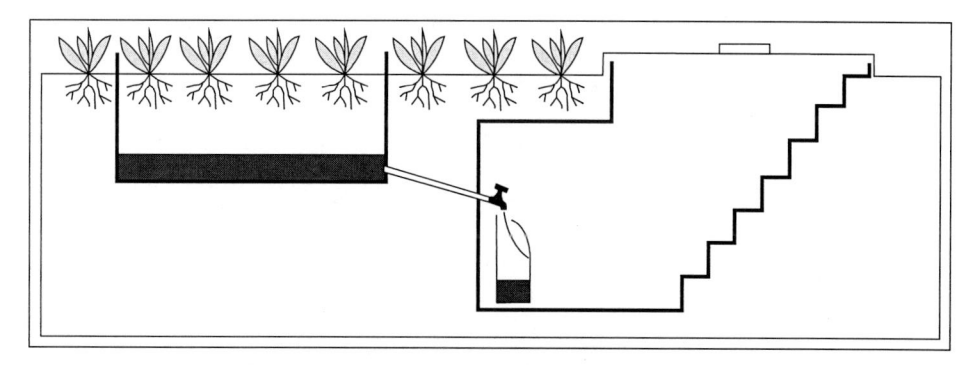

Adaptado de: Varejão-Silva (2000, p. 458)

Figura 7.2 Esquema de um evapotranspirômetro de drenagem

Detalhes da instalação, funcionamento, manutenção, leitura e aplicação de dados de um evapotranspirômetro, bem como aplicações e cálculos mais detalhados sobre evaporação e evapotranspiração podem ser obtidos em Tubelis e Nascimento (1984), Valente e Gomes (2005), Tucci e Beltrame (1993), Varejão-Silva (2000), Villela e Mattos (1975), Cunha e Wendland (2003).

capítulo 8

Infiltração e águas subterrâneas

8.1 INFILTRAÇÃO

A infiltração pode ser definida como o "fenômeno de penetração da água nas camadas de solo próximas à superfície do terreno, movendo-se para baixo, através dos vazios, sob a ação da gravidade, até atingir uma camada-suporte que a retém, formando então a água do solo" (MARTINS, 2005, p. 44).

Como explicado por Silveira, Louzada e Beltrame (1993, p. 335), à medida que a água infiltra pela superfície, as camadas superiores do solo vão-se umedecendo de cima para baixo, alterando gradativamente o perfil de umidade. Enquanto há aporte de água, o perfil de umidade tende à saturação em toda a profundidade, sendo a superfície, naturalmente, o primeiro nível a saturar. Normalmente, a infiltração decorrente de precipitações naturais não é capaz de saturar todo o solo, restringindo-se a saturar, quando consegue, apenas as camadas próximas à superfície, conformando um perfil típico em que o teor de umidade decresce com a profundidade.

Quando o aporte de água à superfície cessa, isto é, deixa de haver infiltração, a umidade no interior do solo se redistribui, evoluindo para um perfil de umidade inverso, com menores teores de umidade próximos à superfície e maiores nas camadas mais profundas. Nem toda a umidade é drenada para as camadas mais profundas do solo, já que parte é transferida para a atmosfera por evapotranspiração.

Nas camadas inferiores do solo, geralmente é encontrada uma zona de saturação, mas sua influência no fenômeno da infiltração só é significativa quando se situa a pouca profundidade.

Em um solo natural, o fenômeno da infiltração pode ser ainda mais complexo se os diversos horizontes, desde a superfície até a zona de alteração próxima à rocha, tiverem texturas e estruturas diferenciadas, apresentando comportamentos hidráulicos diferentes.

De acordo com Martins (2005, p. 44-5), na infiltração podem ser destacadas três fases principais: *fase de intercâmbio*, *fase de descida* e *fase de circulação*.

Na *fase de intercâmbio*, a água está próxima à superfície do terreno, sujeita a retornar à atmosfera por uma aspiração capilar, provocada pela ação da evaporação ou absorvida pelas raízes das plantas e em seguida transpirada pelo vegetal.

Na *fase de descida*, dá-se o deslocamento vertical da água quando a ação de seu próprio peso supera a adesão e a capilaridade. Esse movimento se efetua até atingir uma camada-suporte de solo impermeável.

Na *fase de circulação*, devido ao acúmulo da água, são constituídos os lençóis subterrâneos, cujo movimento se deve também à ação da gravidade, obedecendo às leis de escoamento subterrâneo. Dois tipos de lençóis podem ser constituídos: *lençol freático*, quando a superfície é livre e está sujeita à pressão atmosférica, e o *lençol cativo*, que está confinado entre duas camadas impermeáveis, sendo a pressão na superfície superior diferente da atmosfera.

Nos lençóis freáticos podem ser distinguidas duas zonas principais e diferenciadas. A primeira é constituída pela parte superior, ocupada pela água de capilaridade formando uma franja, cuja altura depende do material de solo, atingindo valores de 30 a 60 cm para areias finas e até 3 m para argilas. A segunda zona é ocupada pela água do lençol compreendida entre a franja e a superfície da camada-suporte impermeável.

A região de solo onde ocorre o fenômeno da infiltração pode ser dividida em duas zonas: a *zona de aeração*, onde ocorrem as fases de intercâmbio e de descida, e inclui a franja de ascensão por capilaridade, e a *zona de saturação*, onde se dá o movimento da água do lençol subterrâneo (fase de circulação).

8.1.1 Fatores intervenientes

A passagem da água da superfície para o interior do solo depende, como destacam Silveira, Louzada e Beltrame (1993, p. 335), "fundamentalmente da água disponível para infiltrar, da natureza do solo, do estado da sua superfície e das quantidades de água e ar, inicialmente presentes no seu interior". Os principais fatores intervenientes destacados por Martins (2005, p. 46-8) são:

- Tipo de solo: a capacidade de infiltração varia diretamente com a porosidade, o tamanho das partículas do solo e o estado de fissuração das rochas. As características presentes em pequena camada superfi-

cial, com espessura da ordem de 1 cm, têm grande influência sobre a capacidade de infiltração;
- Altura da retenção superficial e espessura da camada saturada: a água penetra no solo sob a ação da gravidade, escoando nos canalículos formados pelos interstícios das partículas. A água de chuva dispõe-se sobre o terreno em camada de pequena espessura, que exerce pressão hidrostática na extremidade superior dos canalículos. No início da precipitação, o solo não está saturado; a água que nele penetra vai constituir uma camada de solo saturado cuja espessura cresce com o tempo;
- Grau de umidade do solo: parte da água que se precipita sobre o solo seco é absorvida pela ação da capilaridade que se soma à ação da gravidade. Se o solo, no início da precipitação, já apresenta certa umidade, tem uma capacidade de infiltração menor do que a que teria se estivesse seco;
- Ação da precipitação sobre o solo: as águas das chuvas chocando-se contra o solo promovem a compactação da sua superfície, diminuindo a capacidade de infiltração; destacam e transportam os materiais finos que, pela sua posterior sedimentação, tenderão a diminuir a porosidade da superfície; umedecem a superfície do solo, saturando as camadas próximas, aumentando a resistência à penetração da água; e atuam sobre as partículas de substâncias coloidais que, ao intumescerem, reduzem a dimensão dos espaços intergranulares. A intensidade dessa ação varia com a granulometria dos solos, sendo mais importante nos solos finos. A presença da vegetação atenua ou elimina esse efeito;
- Compactação devida ao homem e aos animais: em locais onde há tráfego constante de homens ou veículos ou em áreas de utilização intensa por animais (pastagens), a superfície é submetida a uma compactação que a torna relativamente impermeável;
- Macroestrutura do terreno: a capacidade de infiltração pode ser elevada pela atuação de fenômenos naturais que provocam o aumento de permeabilidade, tais como escavações feitas por animais e insetos, decomposição das raízes dos vegetais, ação da geada e do sol, aradura e cultivo da terra;
- Cobertura vegetal: a presença da vegetação atenua ou elimina a ação da compactação da água da chuva e permite o estabelecimento de

uma camada de matéria orgânica em decomposição que favorece a atividade escavadora de insetos e animais. A cobertura vegetal densa favorece a infiltração, pois dificulta o escoamento superficial da água. Cessada a chuva, retira a umidade do solo, através das suas raízes, possibilitando maiores valores da capacidade de infiltração no início das precipitações. Como citado por Rocha e Kurtz (2001, p. 84) os solos sob florestas apresentam uma infiltração de 15 a 25 vezes maior que os solos descobertos (usados em agricultura mecanizada, por exemplo). Em áreas florestadas a infiltração média das águas das chuvas é da ordem de 150 mm/hora e em lavouras mecanizadas ou pastagens de grande lotação, a infiltração é da ordem de 6 mm/hora, proporcionando uma perda de 96% das águas da chuva que caem (e escoam superficialmente);
- Temperatura: a temperatura influi na viscosidade da água e faz que a capacidade de infiltração, nos meses frios, seja mais baixa do que nos meses quentes;
- Presença do ar: o ar presente nos vazios do solo pode ficar retido temporariamente, comprimido pela água que penetra no solo, tendendo a retardar a infiltração;
- Variação da capacidade de infiltração: as variações da capacidade de infiltração dos solos podem ser classificadas conforme as categorias seguintes: variações em área geográfica e variações no decorrer do tempo em uma área limitada (variações anuais devidas à ação de animais, desmatamento, alterações das rochas superficiais etc.; variações anuais devidas à diferença de grau de umidade do solo, estágio de desenvolvimento da vegetação, atividade de animais, temperatura etc.; variações no decorrer da própria precipitação).

8.1.2 Grandezas características da infiltração

Capacidade de infiltração: segundo Martins (2005, p. 45), é "a quantidade máxima de água que um solo, sob uma dada condição, pode absorver na unidade de tempo por unidade de área horizontal". Pode ser expressa em mm/h, mm/dia ou em $m^3/m^2/dia$.

A penetração da água no solo, na razão da sua capacidade de infiltração, verifica-se somente quando a intensidade da precipitação excede a capacidade do solo em absorver a água, isto é, quando a precipitação é excedente.

Como explicado por Silveira, Louzada e Beltrame (1993, p. 336-7), em um solo que cessou a infiltração, parte da água no seu interior propaga-se para camadas mais profundas e parte é transferida para a atmosfera por evaporação direta ou por transpiração dos vegetais. Esse processo faz que o solo vá recuperando sua capacidade de infiltração, tendendo a um limite superior à medida que as camadas superiores do solo vão se tornando mais secas.

De acordo com os mesmos autores, se uma precipitação atinge o solo com uma intensidade menor que a capacidade de infiltração, toda a água penetra no solo, provocando uma progressiva diminuição da própria capacidade de infiltração, já que o solo está se umedecendo. Se a precipitação continuar, pode ocorrer, dependendo da sua intensidade, um momento em que a capacidade de infiltração diminui tanto que sua intensidade se iguala à da precipitação. A partir desse momento, mantendo-se a precipitação, a infiltração real se processa nas mesmas taxas da curva da capacidade de infiltração, que passa a decrescer exponencialmente no tempo, tendendo a um valor mínimo de infiltração. A parcela não infiltrada da precipitação forma filetes que escoam superficialmente para áreas mais baixas, podendo infiltrar novamente, se houver condições. Quando termina a precipitação e não há mais aporte de água à superfície do solo, a taxa de infiltração real anula-se rapidamente e a capacidade de infiltração volta a crescer, porque o solo continua a perder umidade para as camadas mais profundas (além das perdas por evapotranspiração).

Porosidade: é a relação entre o volume de vazios de um solo e o seu volume total, expressa geralmente em percentagem.

Velocidade de filtração: "é a velocidade média de escoamento da água através de um solo saturado, determinada pela relação entre a quantidade de água que atravessa a unidade de área do material do solo e o tempo. Pode ser expressa em m/s, m/dia ou $m^3/m^2/dia$" (MARTINS, 2005, p. 45-6). Como explicam Villela e Mattos (1975, p. 69), por si só a velocidade de filtração não é bom parâmetro da infiltração, pois depende exclusivamente da permeabilidade e do gradiente hidráulico, enquanto a infiltração depende também das condições de contorno. A capacidade de infiltração é um parâmetro mais expressivo.

8.1.3 Determinação da infiltração

De acordo com Valente e Gomes (2005, p. 69), a velocidade de infiltração pode ser determinada diretamente por **simuladores de chuva** ou por **parce-**

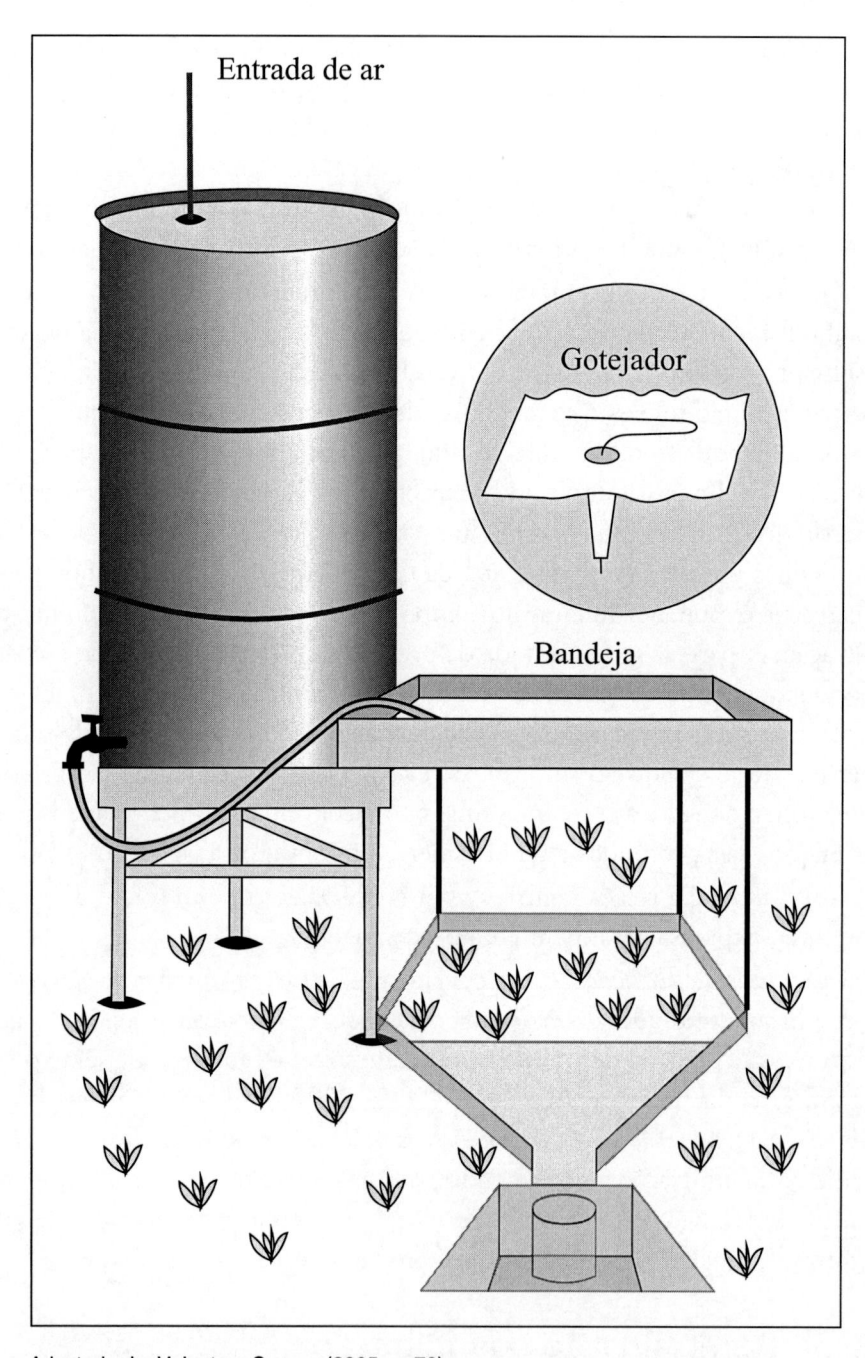

Adaptado de: Valente e Gomes (2005, p. 72)

Figura 8.1 Simulador de chuvas

las experimentais e, indiretamente, por comparações entre chuvas e vazões em pequenas bacias.

8.1.3.1 Simuladores de chuva

São, como indicado por seu nome, aparelhos que permitem simular chuvas com intensidades conhecidas e caindo sobre pequenas áreas da bacia (150 mm/h em 0,50m², por exemplo). Isolando-se essa pequena área com chapas introduzidas no solo, consegue-se conduzir toda a água que forma enxurrada para a parte inferior da área, onde sua vazão é medida. Supondo-se que a vazão tenha sido de 100 mm/h, a diferença de 50 mm/h (150 – 100) representa a infiltração que aconteceu.

8.1.3.2 Parcelas experimentais

A diferença para o método do simulador é que se usa a própria chuva. O método consiste em isolar uma parcela na superfície do solo, usando chapas introduzidas em seus limites, conduzindo toda a enxurrada para uma caixa coletora, colocada na extremidade inferior da parcela, conforme esquema apresentado na figura a seguir.

Um pluviômetro colocado próximo à parcela será usado para medir a quantidade de chuva. Conhecendo-se a quantidade de chuva precipitada sobre a parcela e a quantidade de água recolhida na caixa, a infiltração é calculada por diferença. Se quisermos saber a velocidade de infiltração em mm/h, necessitamos do tempo de duração da chuva, o que poderá ser conseguido com o uso do pluviógrafo no lugar do pluviômetro.

Pode-se utilizar esse método em pequenas bacias, substituindo-se as parcelas por pequenas bacias hidrográficas como unidade de trabalho. Neste caso, é importante que as chuvas sejam determinadas por pluviógrafo e as vazões, por linígrafo, para maior facilidade de aplicação do método.

8.1.4 Armazenamento de água no solo

Depois de cessada a precipitação ou irrigação e a reserva de água na superfície do solo, chega-se ao final do processo de infiltração. Isso não implica, entretanto, que o movimento da água no interior do solo também deixe de

$$F = P - Es$$

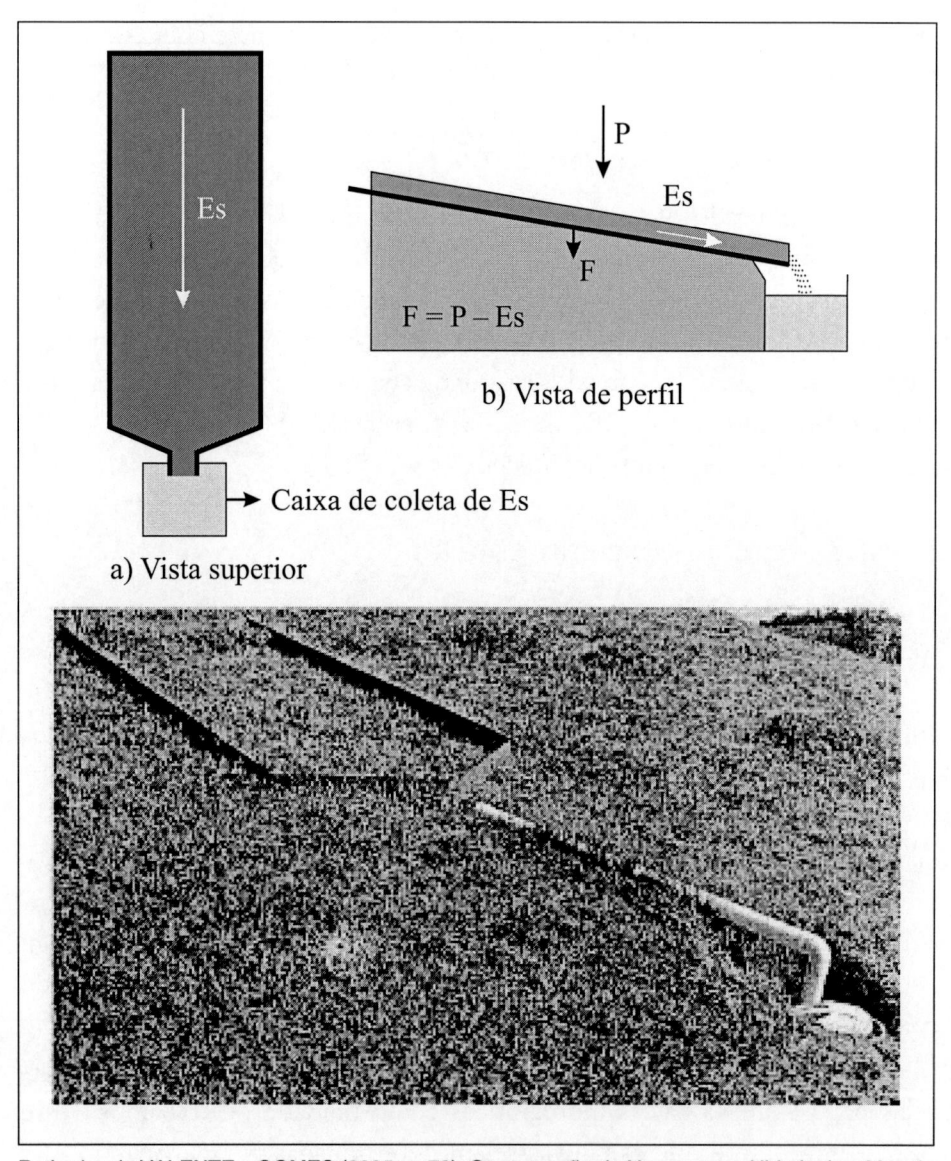

b) Vista de perfil

Caixa de coleta de Es

a) Vista superior

Retiradas de VALENTE e GOMES (2005, p. 73). Conservação de Nascentes – Hidrologia e Manejo de Bacias Hidrográficas de Cabeceira. Viçosa: Aprenda Fácil, 2005.

Figura 8.2 Parcela de infiltração (esquema e implantação)

existir. A camada superior do solo que foi quase ou totalmente saturada durante a infiltração não retém toda essa água, surgindo um movimento descendente em resposta aos gradientes gravitacional e de pressão. Esse movimento da água no perfil do solo, depois de cessada a infiltração, é denominado drenagem ou redistribuição interna. Dependendo das condições existentes, a velocidade com que a redistribuição ocorre pode ser apreciável por muitos dias ou tornar-se rapidamente desprezível. A intensidade da redistribuição e sua duração determinam a capacidade de armazenamento do solo. Essa é uma propriedade importante no estudo de diversas questões da engenharia de recursos hídricos, tornando-se fundamental em projetos de irrigação.

8.2 ÁGUAS SUBTERRÂNEAS

As águas que atingem a superfície do solo a partir das precipitações, retidas nas depressões do terreno ou escoando superficialmente ao longo dos talvegues, podem infiltrar-se por efeito das forças de gravidade e de capilaridade. O seu destino será função das características do subsolo, do relevo do terreno e da ação da vegetação, configurando o que se poderá denominar de fase subterrânea do ciclo hidrológico.

Assim, a água subterrânea pode ser definida como toda a água que ocorre abaixo da superfície da Terra, preenchendo os poros ou vazios intergranulares das rochas sedimentares, ou as fraturas, falhas e fissuras das rochas compactas, e que sendo submetida a duas forças (de adesão e de gravidade) desempenha papel essencial na manutenção da umidade do solo, do fluxo dos rios, lagos e brejos. As águas subterrâneas cumprem uma fase do ciclo hidrológico, uma vez que constituem uma parcela da água precipitada.

A distribuição das águas subterrâneas, seu deslocamento e eventual ressurgimento na superfície, natural ou artificialmente, envolvem problemas extremamente variados e complexos, nos domínios da geologia e da hidráulica do escoamento em meios porosos, constituindo um amplo campo de estudo especializado. Seu estudo, como apontado por Pinto (2005, p. 67), "justifica-se, não só pela importância das águas subterrâneas, cujas reservas são dezenas de vezes superiores ao volume de água doce disponível na superfície, como pela sua estreita inter-relação com as águas superficiais".

8.2.1 Distribuição das águas subterrâneas

A água, ao se infiltrar no solo, está sujeita, principalmente, às forças devidas à atração molecular ou adesão, à tensão superficial ou efeitos de capilaridade e à atração gravitacional.

Abaixo da superfície, em função das ações dessas forças e da natureza do terreno, a água pode se encontrar na *zona de aeração* ou na *zona saturada*. Na primeira, os interstícios do solo são parcialmente ocupados pela água, enquanto o ar preenche espaços livres, e na segunda, a água ocupa todos os vazios e se encontra sob pressão hidrostática. A zona saturada é assim, a região abaixo da zona não saturada onde os poros ou fraturas da rocha estão totalmente preenchidos por água. As águas atingem essa zona por gravidade, através dos poros ou fraturas até alcançar uma profundidade limite, onde as rochas estão tão saturadas que a água não pode penetrar mais.

O movimento da água na zona de aeração é predominantemente vertical (para baixo), enquanto na zona de saturação esse movimento é predominantemente horizontal (para os lados).

Na zona de aeração ou zona subsaturada, próximo à superfície, a água *higroscópica*, absorvida do ar, é mantida em torno das partículas sólidas por adesão. A intensidade das forças moleculares não permite o aproveitamento dessa umidade pelas plantas. A água *capilar* existe nos vazios entre os grãos e é movimentada pela ação da tensão superficial, podendo ser aproveitada pela vegetação. A água *gravitacional* é a água que vence as ações moleculares e capilares e percola sob a influência da gravidade.

A máxima profundidade da qual a água pode retornar à superfície, por capilaridade ou pelas raízes das plantas, define o limite da zona denominada de solo (PINTO, 2005, p. 68). Ao atingir a superfície, a água se perde por evaporação ou transpiração.

De maneira geral, sua espessura é definida pelo comprimento médio das raízes, cujo efeito costuma ser preponderante sobre a profundidade atingida pela evaporação. Alguns valores característicos, aproximados, são apresentados a seguir.

Tabela 8.1 Profundidade das raízes de algumas espécies

Espécies	Profundidade da raiz (m)
Árvores coníferas	0,5 a 1,5
Árvores decíduas	1,0 a 2,0 ou mais
Árvores permanentes (folhas largas)	1,0 a 2,0 ou mais
Arbustos permanentes	0,5 a 2,0 ou mais
Arbustos decíduos	0,5 a 2,0
Vegetação herbácea alta	0,5 a 1,5 ou mais
Vegetação herbácea baixa	0,2 a 0,5

Fonte: Pinto (2005, p. 69)

Imediatamente acima da zona de saturação, estende-se a chamada *franja capilar*, cuja espessura é definida pela elevação capilar, função da textura e granulometria do terreno.

Entre a camada de solo e a zona capilar, pode existir uma *região intermediária*, em que a água ou fica retida pelas forças de adesão – água pelicular ou está percolando – água gravitacional.

Noutras palavras e de forma resumida, podemos dizer que ao fazermos um corte vertical no solo, da superfície até uma camada impermeável, vamos encontrar duas zonas principais: A *zona de aeração*, também denominada *zona não saturada, zona insaturada, zona subsaturada* ou *zona de água edáfica* (onde os poros do solo contêm água e ar), e a *zona de saturação*, chamada também de *zona saturada* ou *zona de água subterrânea* (onde todos os espaços encontram-se completamente ocupados pela água). Essas duas zonas são separadas pelo *nível hidrostático* (também chamado *nível freático* ou *linha de saturação*), "cuja profundidade varia com as mudanças climáticas, com a topografia da região e com a permeabilidade das rochas" (LEINZ; AMARAL, 1975, p. 70). Dependendo das características climatológicas da região ou do volume de precipitação e escoamento de água, esse nível pode permanecer continuamente a grandes profundidades ou se aproximar da superfície do terreno, originando as zonas encharcadas ou pantanosas, ou ainda convertendo-se em mananciais (nascentes) quando se aproxima da superfície através de um corte no terreno.

Na zona de aeração podem ser diferenciadas e reconhecidas três áreas de características e comportamentos distintos: 1) *zona de umidade no solo* ou *zona da água do solo* – é a parte mais superficial, onde a perda de água de adesão para a atmosfera é intensa. Fica logo abaixo da superfície, tendo sua profundidade definida pela profundidade do sistema radicular das plantas. Variável, portanto, podendo ser de poucos centímetros, quando a vegetação for de raízes pouco profundas, até vários metros, quando a vegetação tiver um longo sistema radicular. O limite entre essa zona e a intermediária depende, portanto, da vegetação que cobre a superfície do solo, podendo mudar muito em áreas pouco distantes umas das outras. Esta zona serve de suporte fundamental da biomassa vegetal natural ou cultivada da terra e da interface atmosfera/litosfera; 2) *zona intermediária* ou *zona de água pelicular e gravitacional* – fica logo acima da orla de capilaridade, sendo a região de passagem de água que se movimenta em direção ao lençol. Retém somente a água em capilares finos e de adesão em torno das partículas, sendo bastante estática, ou seja, com pouquíssima ou quase nenhuma alteração da quantidade de água ao longo do tempo – somente nos pequenos períodos em que há quantidades maiores descendo para o lençol. Os poros maiores, portanto, ficam cheios de ar na quase totalidade do tempo. Em áreas onde o nível freático está próximo a superfície, a zona intermediária pode não existir, pois a franja capilar atinge a superfície do solo. São brejos e alagadiços, onde há uma intensa evaporação da água subterrânea; 3) *orla de capilaridade, zona capilar, zona do ascenso capilar, franja capilar* ou *água capilar* – os poros do solo, quando de pequenos diâmetros e conectados podem formar verdadeiros capilares que, em contato com a zona saturada, permitem que a água suba por eles, criando o que se chama orla de capilaridade. Em terrenos muito argilosos, essa orla pode ter até 3m de altura acima dos lençóis e se estes forem rasos, nas partes mais baixas do terreno, podem colaborar para uma grande transferência de água deles para a atmosfera, em forma de evaporação ou evapotranspiração. Já em terrenos muito arenosos – poros maiores – a orla pode ter apenas poucos milímetros. Observe as figuras representativas a seguir.

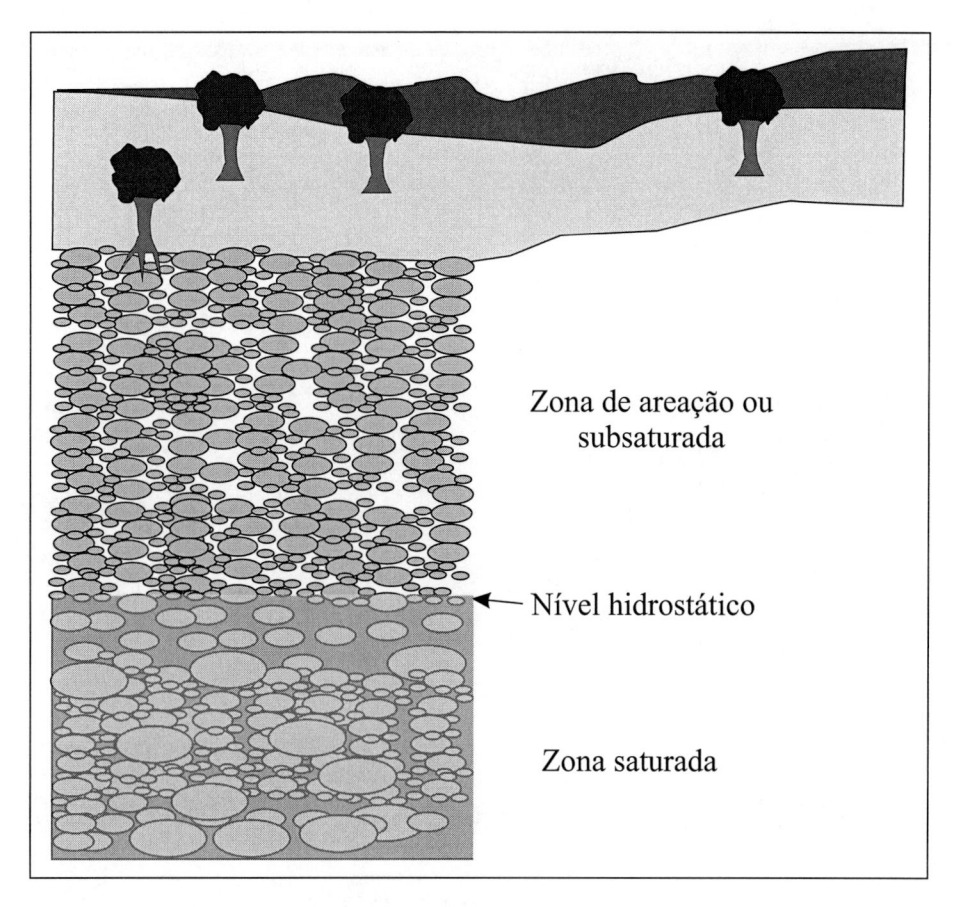

Adaptado de: Leinz e Amaral (1975, p. 70)

Figura 8.3 Comportamento da água no solo

Obs.: Na zona subsaturada verifica-se a retenção apenas parcial da água, enquanto na zona saturada a água preenche todos os espaços vazios entre os grãos que formam o solo.

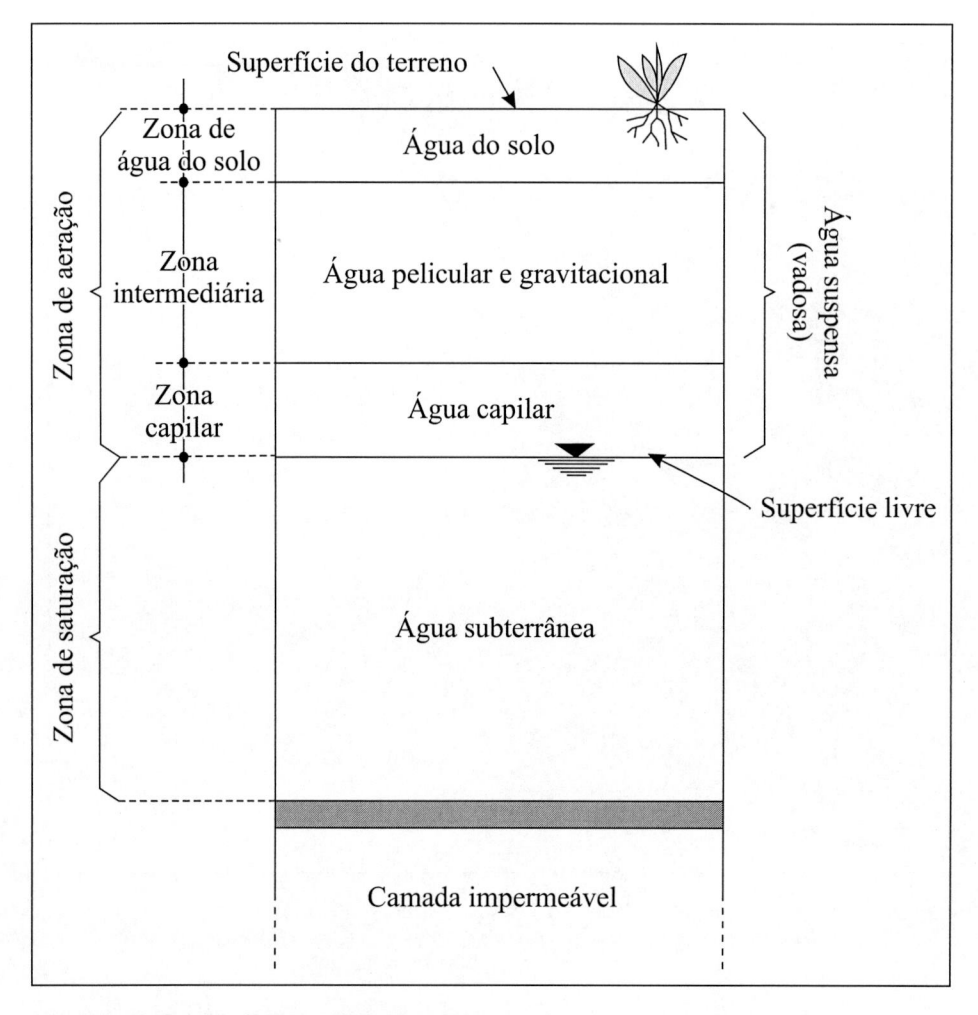

```
                    Superfície do terreno
         ┌─ Zona de ─┐      Água do solo      🌱
         │ água do solo │
Zona de                                                  Água suspensa
aeração       Zona         Água pelicular e gravitacional   (vadosa)
          intermediária

            Zona              Água capilar
           capilar
                                              ▼
                                              ▽ ─── Superfície livre

Zona de
saturação                    Água subterrânea


                           Camada impermeável
```

Adaptado de: Caicedo (1993, p. 290); Pinto (2005, p. 68)

Figura 8.4 Distribuição da água abaixo da superfície do solo

A infiltração se dá de forma lenta e "graças à lentidão deste movimento pelo atrito às partículas rochosas, o nível hidrostático eleva-se em relação ao nível dos rios e lagos, acompanhando aproximadamente a topografia" (LEINZ; AMARAL, 1975, p. 71). Veja o exemplo a seguir.

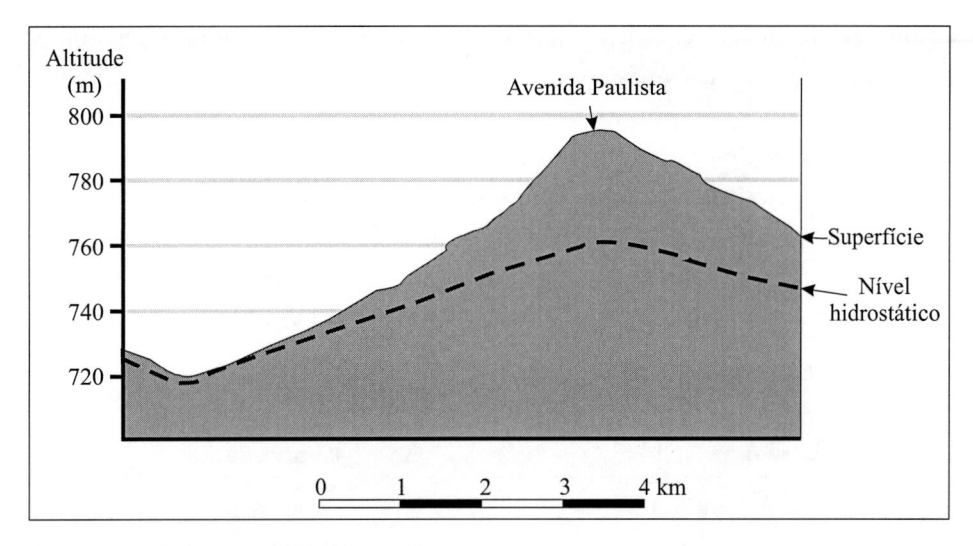

Adaptado de: Leinz e Amaral (1975, p. 71)

Figura 8.5 Relação entre a superfície e o nível hidrostático em São Paulo

A velocidade com que a água subterrânea migra varia de alguns centímetros a 6 metros por dia. Excepcionalmente, pode alcançar 120 metros por dia.

Vale ressaltar que a água não se infiltra indefinidamente porque, nas regiões mais profundas, tanto os poros como os capilares vão se tornando cada vez menores, fechando-se graças à compressão causada pelo peso das rochas superiores. No planalto da cidade de São Paulo, por exemplo, cujo embasamento é constituído de rochas cristalinas, o limite inferior da água subterrânea aproveitável varia entre 100 e 250 metros em relação à superfície. (LEINZ; AMARAL, 1975, p. 72).

8.2.2 Armazenadores de água subterrânea

As rochas apresentam certa capacidade, variável, de armazenamento de água, que é determinada pela presença de numerosos poros (rochas sedimentares clásticas ou basaltos vesiculares) ou por serem atravessadas por inúmeras fendas e capilares (rochas compactas, geralmente cristalinas). Dá-se o nome de *porosidade* de uma rocha à relação existente entre o volume dos poros e o volume total, relação esta expressa em percentagem.

Se os poros forem de dimensões que permitam o escoamento da água e intercomunicáveis, a rocha terá uma grande capacidade tanto para armazenar como para fornecer água. É o caso geral das rochas sedimentares grosseiras de origem clástica, nas quais a água circula facilmente entre os grãos. Mas, se os poros não se comunicarem, a água ficará neles retida e a rocha terá capacidade somente para armazenar, mas não para fornecer. São exemplo as lavas ricas em vesículas isoladas, que, apesar de apresentarem porosidade alta, não são boas fornecedoras. O mesmo acontece quando os poros ou os capilares são extremamente finos, como no caso das argilas, os quais podem receber água, mas não permitem a sua circulação depois de saturados.

Tabela 8.2 Variação da porosidade com o tipo de rocha

Rocha	Porosidade
Areia grossa e cascalho	20% a 40%
Arenito Botucatu	18%
Argila	Até 50%
Granito	0,5 a 2%

Fonte: Leinz e Amaral (1975, p. 72)

A propriedade de permitir a circulação da água designa-se *permeabilidade*. Esta é tanto mais elevada quanto maiores forem os poros ou fendas comunicáveis entre si, como encontrados no cascalho, sendo praticamente nula em rochas de poros finos. É o caso das argilas, que possuem geralmente uma porosidade elevada, isto é, podem absorver muita água, mas uma permeabilidade muito pequena, que não permite a sua circulação pelo fato de ficar retida nos interstícios microscópicos por forças capilares e por forças de adsorção. "As areias apresentam maior permeabilidade que as argilas, pois os vazios (ou poros) existentes entre os grãos de areia estão adequadamente interconectados, permitindo que o fluxo se movimente com maior facilidade, ao contrário das argilas, que apresentam vazios bastante desconectados" (COELHO NETO; AVELAR, 1996, p. 131). Permeabilidade é, assim, a medida da facilidade com a qual a água pode se mover através do solo, sedimentos ou rochas.

8.2.3 Aquíferos

A percolação da água varia de intensidade em função do tipo de terreno encontrado. Algumas formações apresentam vazios relativamente importantes e contínuos, facilitando o fluxo descendente. Entretanto, se encontrar camadas menos permeáveis, a água será retardada e, eventualmente, preencherá todos os interstícios da região sobrejacente, formando zonas saturadas, que recebem a designação de *lençóis subterrâneos*. Quando um lençol subterrâneo é estabelecido em uma formação suficientemente porosa capaz de admitir uma quantidade considerável de água e permitir seu escoamento em condições favoráveis para utilização, recebe o nome de *aquífero*.

Quando o lençol subterrâneo apresenta uma superfície livre, recebe a designação de *lençol freático*, e a superfície livre onde reina a pressão atmosférica é conhecida como *superfície freática*. Se ele se constituir entre camadas impermeáveis e for mantido sob pressão, denomina-se *lençol artesiano*, *confinado* ou *cativo*. Como ressalta Caicedo (1993, p. 290), "os aquíferos confinados são geralmente aquíferos de grande produção, enquanto os aquíferos livres são os mais explorados devido ao fácil acesso".

Em certas circunstâncias, devido à existência de uma camada menos permeável de dimensões limitadas na zona de aeração, formam-se *lençóis suspensos* ("*empoleirados*"), em cota superior ao nível da superfície freática da região. Como explicado por Valente e Gomes (2005, p. 101), pequenas camadas impermeáveis em elevações (morros) podem formar lençóis chamados empoleirados ou suspensos, gerando nascentes em pontos elevados, muito comuns em região de relevo acentuado. Os lençóis empoleirados têm pouca água armazenada, gerando nascentes de pequena vazão ou mesmo intermitentes.

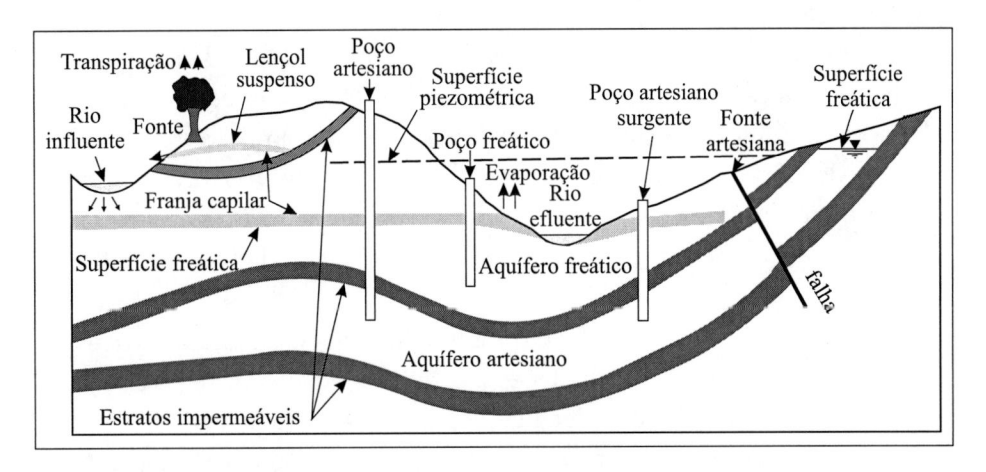

Adaptado de: Pinto (2005, p. 70)

Figura 8.6 Formas de ocorrência da água subterrânea

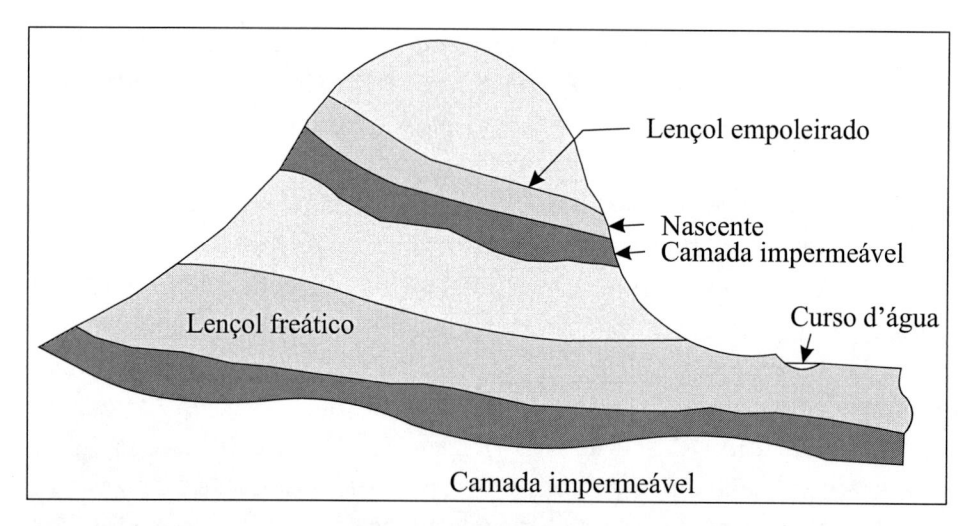

Adaptado de: Valente e Gomes (2005, p. 101)

Figura 8.7 Lençol empoleirado

O nível de água de um poço perfurado em um aquífero freático indicará a posição da superfície freática naquele ponto. Um *poço artesiano* indicará o nível da *superfície piezométrica*, ou seja, o nível correspondente à pressão reinante no aquífero artesiano. A Figura 8.6 indica, ainda, as possibilidades de ocorrência de *poços artesianos surgentes*, de *fontes* que correspondem aos pontos de interseção do nível do lençol com a superfície do terreno e de *fontes artesianas*.

Os aquíferos saturados artesianos não sofrem alterações sensíveis de volume em função da retirada ou alimentação de água. Nestes, a pressão hidrostática equilibra parcialmente as tensões devidas ao peso das camadas superiores do terreno. Quando a pressão for reduzida localmente, por bombeamento ou outros meios, a água retirada provirá em parte da compressão do estrato saturado e em parte da expansão do próprio líquido na zona de redução de pressão.

Os aquíferos formam verdadeiros reservatórios de água subterrânea e raramente se encontram em condições de equilíbrio. As variações de volume podem ser acompanhadas com facilidade pela medida do nível do lençol em poços ou sondagens piezométricas. As condições de regime não permanente do escoamento, aliadas aos fatores extremamente variáveis da própria constituição do subsolo, tornam bastante difícil o tratamento matemático do movimento das águas subterrâneas. Entretanto, a lentidão com que se processam as alterações de suas condições permite, em muitos casos, a introdução de hipóteses de permanência do regime, facilitando a resolução de muitos problemas de interesse prático.

8.2.4 Nascentes

Como explicam Leinz e Amaral (1975, p. 76), "em certas circunstâncias a superfície do terreno pode interceptar o lençol freático, ocasionando nesta interseção a saída da água para a superfície". São as chamadas *nascentes, fontes, minas* ou *olhos d'água.*

De acordo com Valente e Gomes (2005), nascentes são manifestações superficiais de lençóis subterrâneos, dando origem a cursos d'água. Diminuir o número delas significa, também, diminuir o número de cursos d'água e, consequentemente, reduzir a vazão total da bacia ou sua produção de água.

Os fluxos de base que sustentam as nascentes provenientes dos lençóis subterrâneos têm grande importância não só temporal, mas também espacial, pois são capazes de possibilitar que todos os usuários de água de uma bacia, inclusive os das cabeceiras, tenham água durante as estiagens.

As nascentes, quanto às origens, podem ser formadas tanto por lençóis freáticos (apenas depositados sobre as camadas impermeáveis) quanto artesianos (confinados entre duas camadas impermeáveis), podendo surgir por contato das camadas impermeáveis com a superfície, por afloramento dos lençóis em depressões do terreno, por falhas geológicas ou por canais cársticos. Na origem da maior parte de nossos córregos estão nascentes de contato ou de depressão, proveniente de lençóis freáticos.

Segundo Calheiros (2004), as nascentes podem ser perenes (de fluxo contínuo), temporárias (de fluxo apenas na estação chuvosa) e efêmeras (quando surgem durante a chuva, permanecendo por apenas alguns dias ou horas).

As nascentes, ou *fontes de contato*, como normalmente surgem no sopé de morros, são conhecidas como nascentes de encosta. Originam-se "onde a superfície do terreno intercepta o contato de uma camada permeável por cima e outra impermeável por baixo" (LEINZ; AMARAL, 1975, p. 78).

As *nascentes de depressão* podem se manifestar em pontos de borbulhamento bem-definidos, chamados olhos d'água. Pequenos vazamentos superficiais, espalhados por uma área encharcada (brejo), e que vão acumulando água em poças até dar início a fluxos contínuos são conhecidas como *nascentes difusas*.

As provenientes de lençóis artesianos podem ser de contato, ocorrendo normalmente em regiões montanhosas, com fortes declives entre áreas próximas, o que facilita o afloramento das camadas impermeáveis responsáveis pelo confinamento dos lençóis.

Podem ainda ser provenientes de falhas geológicas que sejam capazes de provocar a ligação de lençóis confinados com a superfície.

Essa é uma classificação apenas básica, já que em muitos casos fica difícil enquadrar a nascente em apenas um dos tipos citados. Mas o importante é procurar diferenciar nascentes freáticas de nascentes artesianas, pois os lençóis responsáveis pelas primeiras são abastecidos por áreas próximas, enquanto os responsáveis pelas segundas podem estar sendo abastecidos em áreas muito distantes do ponto de emergência e, às vezes, de difícil identificação. Um fato característico é que as nascentes freáticas têm reações mais rápidas ao regime de chuvas ou ao uso da terra em áreas próximas ao local de sua ocorrência, sendo mais fáceis de serem trabalhadas para recuperação e conservação de vazões.

Como observam Leinz e Amaral (1975, p. 79), a intensidade da filtração natural durante o percurso da água no solo é um fator decisivo na qualidade da água sob o ponto de vista bacteriológico. Assim é que, se uma fonte aumenta sua vazão pouco tempo depois de uma chuva, é sinal de que a filtração natural foi rápida, portanto, insuficiente. Ao contrário, se uma fonte manifesta maior vazão longo tempo após as chuvas, desaparece o perigo da contaminação, graças ao percurso demorado da água. Conforme o tempo decorrido entre o máximo da precipitação pluvial e o máximo da vazão, as fontes são mais ou menos sujeitas às contaminações.

capítulo 9

Escoamento superficial

O escoamento superficial refere-se ao segmento do ciclo hidrológico que abarca o deslocamento das águas na superfície da Terra.

Esse estudo considera o movimento da água a partir da menor porção de chuva que, caindo sobre um solo saturado de umidade ou impermeável, escoa pela superfície, formando sucessivamente as enxurradas ou torrentes, córregos, ribeirões, rios e lagos ou reservatórios de acumulação (MARTINS, 2005, p. 36). Assim, o escoamento superficial abrange desde o excesso de precipitação que ocorre logo após uma chuva intensa e se desloca livremente pela superfície do terreno, até o escoamento de um rio, que pode ser alimentado tanto pelo excesso de precipitação como pelas águas subterrâneas. (VILLELA; MATTOS, 1975, p. 102).

O escoamento superficial tem origem fundamentalmente nas precipitações. Como já visto, parte da água das chuvas é interceptada pela vegetação e/ou outros obstáculos, de onde posteriormente é evaporada. Do volume que atinge a superfície do solo, parte é retida em depressões do terreno, outra parte se infiltra e a parte restante escoa pela superfície logo que a intensidade da precipitação supera a capacidade de infiltração do solo e os espaços nas superfícies retentoras tenham sido preenchidos.

No início do escoamento superficial forma-se uma película laminar que aumenta de espessura à medida que a precipitação prossegue, até atingir um estado de equilíbrio.

As trajetórias descritas pela água no seu movimento são determinadas, principalmente, pelas linhas de maior declive do terreno e são influenciadas pelos obstáculos existentes. Nessa fase ocorre o movimento das *águas livres*. À medida que as águas vão atingindo os pontos mais baixos do terreno, passam a escoar em canalículos que formam a microrrede de drenagem. Sob a ação da erosão, vai aumentando a dimensão desses canalículos e o escoamento se processa cada vez mais por caminhos preferenciais. Formam-se as torrentes, cuja duração está associada praticamente à precipitação. A partir delas, formam-se os cursos d'água propriamente ditos, com regime de escoamento dependendo da água superficial e da contribuição do lençol de água subterrâneo. São as chamadas *águas sujeitas* (MARTINS, 2005, p. 36-7). Aqui vale destacar as observações de Christofoletti (1980, p. 30) sobre a tipologia do escoamento superficial. Observa o autor que há necessidade de se distinguir entre o *escoamento pluvial difuso*, quando as águas escorrem sem hierarquia e fixação dos leitos, anastomosando-se constantemente, e o *escoamento concentrado* ou as *enxurradas*, quando as águas se concentram, possuindo maior competência erosiva e fixando o leito, deixando marcas sensíveis na superfície topográfica.

9.1 COMPONENTES DO ESCOAMENTO

As águas provenientes das chuvas atingem o leito dos cursos d'água por quatro vias principais: escoamento superficial (*surface runoff*), escoamento subsuperficial (ou hipodérmico), escoamento subterrâneo e precipitação direta sobre a superfície livre.

O escoamento superficial representa o fluxo de água sobre a superfície do solo e pelos seus múltiplos canais; o escoamento subsuperficial é definido como o fluxo que se dá nas raízes da cobertura vegetal; e o escoamento subterrâneo é o fluxo devido à contribuição do aquífero. "Em geral, os escoamentos superficial e subterrâneo correspondem à maior parte do total, ficando o escoamento subsuperficial contabilizado no superficial ou no subterrâneo" (TUCCI, 1993, p. 396).

Verifica-se, como mostrado na figura a seguir, que o escoamento superficial começa algum tempo após o início da precipitação. O intervalo de tempo decorrido corresponde à ação da interceptação pelos vegetais e obstáculos, à saturação do solo e/ou à acumulação nas depressões do terreno.

A ação da interceptação e a da acumulação tende a reduzir-se no tempo e a da infiltração, a tornar-se constante. O escoamento subsuperficial, ocorrendo nas camadas superiores do solo, é difícil de ser separado do escoamento superficial. O escoamento subterrâneo dá uma contribuição que varia lentamente com o tempo e é o responsável pela alimentação do curso d'água durante a estiagem. Já a contribuição do escoamento superficial cresce com o tempo até atingir um valor sensivelmente constante à medida que a precipitação prossegue. Cessada a precipitação, ele vai diminuindo até anular-se.

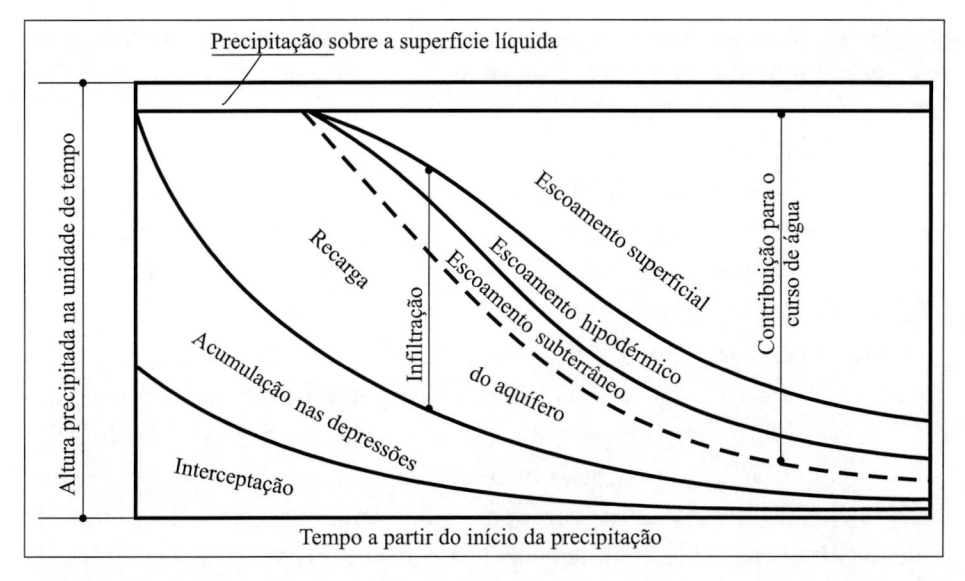

Figura 9.1 Componentes do escoamento dos cursos d'água

Adaptado de: Martins (2005, p. 37)

9.2 FATORES INTERVENIENTES NO ESCOAMENTO SUPERFICIAL

O escoamento superficial sofre a influência de diversos fatores que facilitam ou dificultam sua ocorrência. Esses fatores podem ser de natureza climática – relacionados à precipitação – ou de natureza fisiográfica – ligados às características físicas da bacia.

Dentre os fatores climáticos, podem-se destacar a intensidade e a duração da precipitação, pois quanto maior a intensidade, mais rapidamente o solo atinge a sua capacidade de infiltração, provocando um excesso de precipitação que escoará superficialmente. A duração também é diretamente proporcional ao escoamento, pois para chuvas de intensidade constante, haverá maior oportunidade de escoamento quanto maior for sua duração.

Outro fator climático importante é o da precipitação antecedente, pois uma precipitação que ocorra quando o solo já está úmido devido a uma chuva anterior terá maior facilidade de escoamento.

Dentre os fatores fisiográficos, os mais importantes são a área, a forma, a permeabilidade, a capacidade de infiltração e a topografia da bacia.

A influência da área já foi discutida e apresentada, e sua extensão está relacionada à maior ou menor quantidade de água que ela pode captar. Relacionando o tamanho da bacia com o tipo de chuva incidente, Tucci (1995, p. 393) afirma que para pequenas bacias (com área menor que 500km^2) as precipitações convectivas de alta intensidade, pequena duração e distribuição numa pequena área podem provocar as grandes enchentes, enquanto que para bacias maiores as precipitações mais importantes passam a ser as frontais, que atingem grandes áreas com intensidade média.

A forma da bacia hidrográfica tem grande importância no seu comportamento hidrológico. Uma bacia arredondada permite que as águas das enxurradas se concentrem mais rapidamente em sua saída, ou que ela seja atingida, ao mesmo tempo, por uma chuva forte, principalmente se for pequena. Já as bacias alongadas e estreitas se comportam de maneira inversa. "Daí, uma cidade localizada na saída de uma bacia hidrográfica arredondada correr maior risco de inundações" (VALENTE; GOMES, 2005, p. 95).

Outro aspecto importante está ligado ao número e distribuição dos cursos d'água na bacia hidrográfica, que têm forte atuação na maior ou menor rapidez com que as enxurradas são drenadas para fora da bacia, provocando consequências semelhantes às da forma.

A cobertura da bacia, principalmente a cobertura vegetal, tende a retardar o escoamento e aumentar as perdas por evapotranspiração. "Nas bacias urbanas, onde a cobertura é alterada, tornando-se mais impermeável, acrescida de uma rede de drenagem mais eficiente, o escoamento superficial e o pico aumentam" (TUCCI, 1993, p. 393).

A permeabilidade do solo influi diretamente na capacidade de infiltração, ou seja, quanto mais permeável for o solo, maior será a quantidade de água que ele pode absorver, diminuindo assim a ocorrência de excesso de precipitação.

Outros fatores importantes que influem no escoamento superficial são as obras hidráulicas construídas na bacia, tal como uma barragem que, acumulando a água em um reservatório, reduz as vazões máximas do escoamento superficial e retarda sua propagação. Em sentido contrário pode-se retificar um rio, aumentando a velocidade do escoamento superficial.

A declividade também é um importante fator a ser considerado no comportamento das águas das bacias hidrográficas. Áreas com declividades elevadas aceleram o escoamento superficial e dificultam a infiltração de água no solo, que é um fenômeno dependente do tempo. Quanto maior a declividade, menor a taxa de infiltração e maior o escoamento superficial.

9.3 TEMPO DE CONCENTRAÇÃO

É o tempo necessário para que toda a bacia passe a fornecer enxurrada ao curso d'água, ao mesmo tempo. De outro modo, é o tempo necessário para que a enxurrada formada no ponto mais distante da bacia chegue à sua saída ou à secção considerada.

O tempo de concentração pode ser calculado pela fórmula a seguir, mas, como destacado por Valente e Gomes (2005, p. 89-90), existem outras várias fórmulas destinadas a esse cálculo e que podem apresentar resultados bastante distintos, especialmente para pequenas bacias.

$$TC = \frac{0,870 L^3}{H^{0,385}}$$

- Onde TC é o tempo de concentração (h); L = maior comprimento da bacia, medido ao longo do curso d'água principal e do seu prolongamento até o divisor de águas (km); H = diferença de altitude entre as extremidades de L (m).

A figura a seguir apresenta a relação entre o curso d'água e o nível do lençol. Como explicado e exemplificado por Martins (2005, p. 41-2), no início da precipitação, o nível da água e o do lençol de água contribuinte estavam na posição MNO, conforme indicado na figura. Devido à água de infiltração e após estar satisfeita a deficiência de umidade do terreno, o nível de água do lençol freático cresce até atingir a posição PS. Ao mesmo tempo, em razão do escoamento superficial, o nível de água na seção em estudo passa de N para R. Para as enchentes maiores, a elevação do nível no curso de água pode superar o correspondente do lençol, criando-se uma pressão hidrostática maior no rio do que nas margens, ocasionando a inversão do movimento temporariamente.

146   Introdução à hidrogeografia

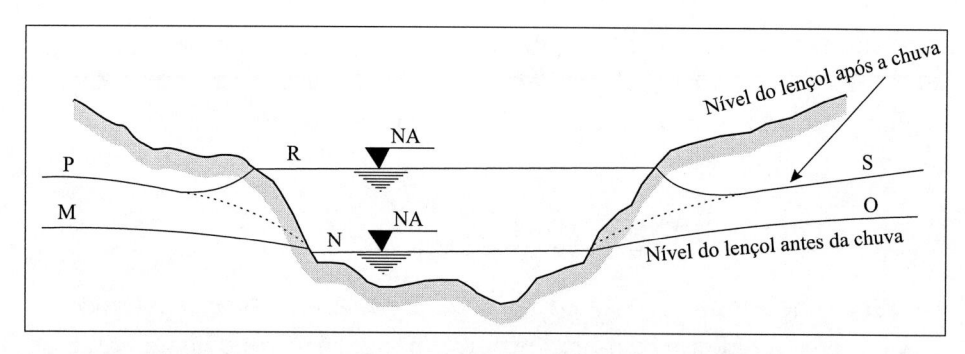

Adaptado de: Martins (2005, p. 42); Villela e Mattos (1975, p. 106); Tucci (1993, p. 392)

Figura 9.2   Relações entre o curso d'água e o nível do lençol

capítulo 10

Aspectos da qualidade das águas

A intensidade e a variedade das demandas por recursos hídricos têm tornado cada vez mais evidente e necessário o seu processo de gestão, "embora ainda prevaleça a falsa consciência de que esses recursos são ilimitados" (MENDES, 1991, p. 53). Por isso, os programas mais recentes de gestão têm dispensado especial importância ao planejamento do uso e ocupação do solo das bacias hidrográficas, ou seja, tem-se dado maior ênfase às medidas de caráter preventivo, "mais eficientes e menos onerosas" (MOTA, 1988, p. 75). O planejamento dos recursos hídricos tem o objetivo de impedir, previamente, o agravamento dos problemas de ordem ambiental, evitando ou minimizando seus efeitos negativos, como os da poluição resultante do lançamento de efluentes (industriais e/ou domésticos) *in natura* nos corpos d'água, "para cuja terapia são mobilizados mais esforços econômicos e sociais do que para sua prevenção" (MENDES, 1991, p. 53).

As abordagens de planejamento de uso do solo, baseadas em critérios econômicos clássicos, têm falhado por não reconhecer o conflito entre as metas de desenvolvimento econômico e a capacidade de suporte dos ecossistemas (PIRES; SANTOS, 1995, p. 40). Nesse sentido é que Macedo (1995, p. 86) atribui ao ordenamento territorial o dever de "compatibilizar as necessidades do homem, relativas à ocupação e ao uso do solo, com a capacidade de suporte do território que pretende ocupar". Nessa visão de planejamento ambiental, as atividades que serão desenvolvidas numa área qualquer devem ser determinadas em função dos níveis de sustentabilidade desse meio.

Sendo a água de um manancial o resultado da drenagem de sua bacia de contribuição, sua qualidade e, portanto, suas características físicas, químicas, biológicas e ecológicas se encontram sempre na dependência direta das ações (uso e ocupação) que se realizam no solo dessa bacia, bem como do grau de controle que se tem (ou não) sobre essas fontes.

A utilização indevida dos recursos hídricos e a falta de planejamento e de gestão adequada dos usos e ocupação do solo têm gerado graves problemas econômicos e ambientais, especialmente nas áreas dos mananciais destinados ao abastecimento público.

Embora o abastecimento humano se constitua, sem dúvidas, no uso mais nobre da água, pois dele vão depender, direta e/ou indiretamente, as demais atividades humanas, a água apresenta uma multiplicidade de usos que podem ser agrupados, de forma geral, em *usos consuntivos* – aqueles em que o uso da água implica no seu consumo, na sua redução quantitativa (abastecimento público, uso residencial, dessedentação de animais, irrigação, usos industriais etc.) – e *usos não consuntivos* – aqueles em que não há consumo ou modificação do volume de água de forma expressiva (geração de energia elétrica, aquicultura, diluição de efluentes, lazer, recreação, turismo, pesca, navegação, conservação ambiental etc.).

Para atender a cada uma dessas modalidades de uso são exigidas algumas características específicas da água, bem como lhe são impostas algumas limitações com relação aos tipos e à quantidade de impurezas presentes. Alguns usos demandam elevado padrão sanitário, outros apresentam restrições quanto à presença de produtos químicos e outros se limitam apenas à manutenção de aspectos estéticos. Assim, "a qualidade desejada para determinado recurso hídrico vai depender dos usos para os quais o mesmo se destina" (MOTA, 1988, p. 5), razão pela qual eles são classificados de acordo com sua qualidade e/ou segundo seus usos preponderantes.

A Resolução CONAMA nº 357, de 17 de março de 2005, que "dispõe sobre a classificação dos corpos de água, dá diretrizes ambientais para o seu enquadramento e estabelece as condições e padrões de lançamento de efluentes", definiu a classificação das águas (doces, salinas e salobras) do território nacional em 13 classes distintas e para cada uma delas foram estabelecidos limites e/ou condições em função de sua destinação final ou segundo seus usos preponderantes. De acordo com conceituação adotada por essa resolução (Capítulo I, Artigo 2º), as águas doces foram agrupadas em 5 classes distintas: especial, 1, 2, 3 e 4, conforme sua destinação de uso, tal como apresentado no Quadro 10.1.

Em Minas Gerais a classificação dos recursos hídricos é disposta pela Deliberação Normativa Conjunta COPAM/CERH-MG nº 1, de 5 de maio de 2008, que "dispõe sobre a classificação dos corpos de água, dá diretrizes ambientais para o seu enquadramento, bem como estabelece as condições e padrões de lançamento de efluentes".

Quadro 10.1 Classificação das águas doces segundo seus usos preponderantes

Classes	Destinação
Especial	Abastecimento para consumo humano, com filtração e desinfecção; Preservação do equilíbrio natural das comunidades aquáticas; Preservação dos ambientes aquáticos em unidades de conservação de proteção integral.
Classe 1	Abastecimento para consumo humano, após tratamento simplificado; Proteção das comunidades aquáticas; Recreação de contato primário, tais como natação, esqui aquático e mergulho, conforme Resolução CONAMA nº 274, de 29/11/2000; Irrigação de hortaliças que são consumidas cruas e de frutas que se desenvolvam rentes ao solo e que sejam ingeridas cruas sem remoção de película; Proteção das comunidades aquáticas em terras indígenas.
Classe 2	Abastecimento para consumo humano, após tratamento convencional; Proteção das comunidades aquáticas; Recreação de contato primário, tais como natação, esqui aquático e mergulho, conforme Resolução CONAMA nº 274, de 29/11/2000; Irrigação de hortaliças, plantas frutíferas e de parques, jardins, campos de esporte e lazer, com os quais o público possa vir a ter contato direto; Aquicultura e à atividade de pesca.
Classe 3	Abastecimento para consumo humano, após tratamento convencional ou avançado; Irrigação de culturas arbóreas, cerealíferas e forrageiras; Pesca amadora; Recreação de contato secundário; Dessedentação de animais.
Classe 4	Navegação; Harmonia paisagística e usos menos exigentes.

Fontes: Resolução CONAMA nº 357, de 17/mar. 2005 (Capítulo II, Seção I, Artigo 4º); Deliberação Normativa Conjunta COPAM/CERH-MG nº 1, de 5 maio 2008 (Seção I, Artigo 4º).

10.1 ALTERAÇÕES NA QUALIDADE DA ÁGUA

A qualidade das águas de um rio ou reservatório está sob a constante ameaça da ação degradadora de certas substâncias poluentes. Estas podem originar-se de *fontes pontuais* ou localizadas, como os esgotos domésticos e os efluentes industriais, ou de *fontes dispersas*, não localizadas, como as águas de escoamento superficial, as águas de infiltração etc.

Aqui cabe um destaque especial às consequências advindas da ausência de tratamento prévio do esgoto doméstico (sobretudo o esgoto cloacal), por ser este um dos principais problemas dos cursos d'água em áreas urbanas.

Quando o esgoto doméstico, caracterizado, sobretudo, pela grande quantidade de matéria orgânica, é lançado *in natura* num corpo d'água qualquer, ele tende a ser estabilizado ou assimilado pelo meio hídrico, por meio de vários processos que envolvem transformações químicas, físicas e biológicas, através das quais a matéria orgânica é oxidada, "transformando-se em água, gases e sais minerais, compostos utilizados através da fotossíntese, na formação celular dos seres vivos" (NUCCI; ARAÚJO; SILVA, 1978, p. 7), num processo conhecido como *biodegradação*.

Porém, quando esses esgotos são lançados em quantidades superiores à capacidade de assimilação do corpo d'água, o "ambiente fica sobrecarregado, seu equilíbrio se desfaz e se alteram completamente sua composição e estrutura" (BRANCO, 1988, p. 75), passando a ocorrer o que se chama de *poluição*. Entretanto, vale destacar, como salientado por Branco (1993, p. 45), que "a palavra poluição adquiriu, na boca do grande público, um sentido diabólico, significando tudo que é mau, deturpado, degenerado". O termo poluição – continua o citado autor – provém do verbo latim *polluere*, que significa sujar e, por extensão, corromper, profanar. Sujar, porém, tem um sentido muito mais ligado à aparência, à estética, do que a danos reais. Água suja não é, necessariamente, aquela que possui substâncias tóxicas ou que causem doenças.

O lançamento de matéria orgânica na água resulta no seu processo de estabilização, que é realizado por micro-organismos, bactérias presentes nos cursos d'água, sobretudo aeróbias, que se reproduzem com grande rapidez e que oxidam a matéria orgânica. Note-se, porém, que estas bactérias vão promover a biodegradação da matéria orgânica consumindo parte do oxigênio dissolvido (OD) das águas dos rios, lagos ou outro corpo d'água.

Quando a carga de esgotos lançada excede à capacidade de depuração do corpo d'água receptor, passam a ocorrer problemas relacionados à quantidade de oxigênio, elemento presente em baixas proporções na água. O ambiente aquático é, naturalmente, muito pobre em oxigênio. Enquanto o ar atmosférico possui quase 22% de oxigênio, a água doce, ao nível do mar e a 20 °C, contém apenas 9,08 mg/l, isto é, nove partes de oxigênio por um milhão de partes de água (BRANCO; ROCHA, 1977, p. 94).

Ora, como as bactérias responsáveis pela degradação da matéria orgânica são, em sua maioria, aeróbias e se reproduzem rapidamente, quanto maior a quantidade de 'alimento disponível', ou seja, matéria orgânica proveniente dos esgotos, maior será a população de bactérias e maior o consumo de oxigênio dissolvido presente na água. Isso ocorre até um limite em que o oxigênio se torna totalmente ausente, inviabilizando a maior parte da vida aquática. Como necessitam de maior quantidade de oxigênio que as bactérias, os peixes, por exemplo, morrem antes de ele se esgotar totalmente. Esse processo, comum em rios poluídos, é responsável pela morte de peixes por asfixia e não por contaminação ou toxicidade.

O fim do oxigênio presente na água pode levar não só à mortandade de peixes, mas a dos demais seres que necessitam desse elemento para respiração, como os crustáceos e moluscos. Os próprios micro-organismos decompositores, em não mais existindo oxigênio disponível, morrem (aqueles que são estritamente aeróbios) ou se tornam aeróbios facultativos (adaptados à vida anaeróbia). Extingue-se, assim, a vida aeróbia nesse corpo hídrico e, em seu lugar, permanecem os organismos de respiração facultativa e surgem os que são obrigatoriamente anaeróbios. "Estes prosseguem no processo de decomposição, só que agora através de processos fermentativos que provocam a formação de metano, além de vários subprodutos que se caracterizam pelo seu forte cheiro, como o gás sulfídrico e as mercaptanas" (BRANCO, 1993, p. 50).

Os esgotos domésticos podem causar, ou ainda intensificar, o fenômeno natural de *eutrofização*. A eutrofização é um processo de enriquecimento nutritivo do meio aquático (*eu-trofe* significa, em grego, bem-alimentado), que pode ter consequências desastrosas. A poluição por matéria orgânica, rica em fosfatos e nitratos, gera uma abundância de alimentação, aumentando exageradamente a oferta de nutrientes para toda a cadeia alimentar, especialmente para certos tipos de algas. De fato, como explica Vernier (1994, p. 21), "o excesso de nutrientes favorece uma proliferação e até uma explosão de algas, que logo se decompõem, consumindo enormes quantidades de oxigênio".

Os aspectos citados anteriormente se relacionam diretamente à poluição da água, ou seja, à alteração de suas características. Contudo, os esgotos domésticos são também os responsáveis pela *contaminação* da água, o que se dá pela introdução de organismos patogênicos de origem intestinal.

Tais organismos não fazem parte do conjunto de seres que normalmente habita e se reproduz no meio hídrico. Seu ambiente normal é o próprio ser humano parasitado. A existência de seres patogênicos na água depende, necessariamente, de sua introdução nesse meio, a partir de indivíduos portadores. Na maior parte das vezes, a transferência de patogênicos do ser humano parasitado para a água é realizada através das fezes que ele elimina. As fezes humanas, além de eventuais micro-organismos patogênicos (que somente ocorrem nos indivíduos doentes ou portadores), possuem, obrigatoriamente, um grande número de bactérias não patogênicas que são habitantes normais dos intestinos, participando mesmo de alguns processos metabólicos importantes para o próprio organismo hospedeiro (BRANCO; ROCHA, 1977).

Os coliformes são bactérias que vivem, normalmente, nos intestinos de todas as pessoas. Eles não causam doenças, pelo contrário, ajudam a digestão e se alimentam, simplesmente, de alguns subprodutos desta. Como já dito, esse tipo de bactérias não se reproduz no meio hídrico, só no intestino e, dessa forma, sua presença na água é um indicativo da presença de matéria intestinal. Em resumo, a presença de coliformes na água significa a possibilidade da presença de patogênicos, em razão da provável existência de pessoas doentes ou portadoras em meio à população que deu origem àqueles esgotos. Contudo, é oportuno esclarecer que os coliformes, além de estarem presentes nas fezes humanas e de animais homeotérmicos, ocorrem também em solos, plantas ou outras matrizes ambientais que não tenham sido contaminados por material fecal. Por sua vez, a *Escherichia coli (E.coli)* é a única espécie do grupo dos coliformes termotolerantes cujo hábitat exclusivo é o intestino humano e de animais homeotérmicos, onde ocorre em densidades elevadas, constituindo-se assim em indicador mais preciso da introdução de efluentes sanitários no meio hídrico.

À contaminação das águas se relacionam inúmeras doenças, assim apresentadas por Morandi e Gil (2000, p. 53):

- Por ingestão de água contaminada: cólera, disenteria amebiana, disenteria bacilar, febre tifoide e paratifoide, gastroenterite, giardíase, hepatite, leptospirose, salmonelose;
- Por contato com água contaminada: escabiose, tracoma, verminose, esquistossomose;
- Por meio de insetos que se desenvolvem na água: dengue, febre amarela, filariose, malária.

10.2 PARÂMETROS E PADRÕES DE QUALIDADE

Além da quantidade, a qualidade é outro aspecto da água que assegura determinado uso ou conjunto de usos. A qualidade é representada por características intrínsecas, geralmente mensuráveis, de natureza física, química e/ou biológica.

Tais características, se mantidas dentro de certos limites, viabilizam determinados usos da água. São os chamados *parâmetros* de qualidade da água, ou seja, "substâncias ou outros indicadores representativos da qualidade da água" (Resolução CONAMA nº 357/2005). Para cada parâmetro foram definidos os *padrões* de referência. O padrão é, assim, o "valor limite adotado como requisito normativo de um parâmetro de qualidade de água ou efluente" (Resolução CONAMA nº 357/2005). Os parâmetros e padrões não permanecem imutáveis ao longo do tempo. Pelo contrário, é preciso que reflitam adequadamente os objetivos, a tecnologia e as condições econômicas da sociedade em cada estágio do seu desenvolvimento.

São vários os parâmetros adotados para verificação, controle e gestão da qualidade das águas. No índice de qualidade da água, proposto pela National Sanitation Foundation, dos Estados Unidos, por exemplo, os parâmetros adotados são o oxigênio dissolvido (OD), os coliformes fecais, pH, DBO, nitratos, fosfatos, temperatura, turbidez e sólidos totais (BENETTI; BIDONE, 1993, p. 865-6). No estado de São Paulo a qualidade das águas é monitorada através da análise de 33 parâmetros. Destes, a CETESB selecionou o OD, a DBO, os coliformes fecais, a temperatura, o pH, o nitrogênio total, o fósforo total, os sólidos em suspensão e a turbidez como indicadores do índice de qualidade das águas (CETESB, 1988, p. 12-4).

Como já visto, para cada destinação dada à água, diferentes parâmetros serão considerados, assim como serão mais ou menos tolerantes os índices e critérios de exigência de cada parâmetro, os padrões. Assim, a água que se destina ao consumo humano, ou seja, a *água potável*, deve seguir as determinações de qualidade estabelecidas pela Portaria nº 518/GM, de 25 de março de 2004. Em seu Artigo 4º essa portaria define água potável como "água para consumo humano cujos parâmetros microbiológicos, físicos, químicos e radioativos atendam ao padrão de potabilidade e que não ofereça riscos à saúde".

No caso da *balneabilidade*, ou seja, das atividades de recreação que implicam em contato primário do usuário com a água, como, por exemplo, as atividades de natação, esqui aquático e mergulho, os parâmetros e respectivos padrões são estabelecidos pela Resolução CONAMA nº 274, de 29 de novembro de 2000. Através dessa resolução (Artigo 2º), as águas doces, salobras e salinas destinadas à balneabilidade (recreação de contato primário) tiveram sua condição avaliada e enquadrada nas categorias *própria* e *imprópria*.

A Resolução CONAMA nº 357, de 17 de março de 2005, que dispõe sobre a classificação dos corpos d'água em território nacional estabelece, para cada classe, um conjunto de parâmetros a serem considerados, bem como os respectivos padrões a serem observados.

10.2.1 Utilização dos parâmetros OD e DBO para avaliação da qualidade das águas

As diversas metodologias adotadas no planejamento do uso e ocupação do solo têm utilizado, normalmente, como parâmetros de qualidade da água ou a "concentração de bactérias coliformes", indício de possibilidade de contaminação da água, ou a "demanda bioquímica de oxigênio (DBO) e o oxigênio dissolvido (OD)", indicadores da presença de matéria orgânica na água, resultado da disposição de esgotos domésticos.

Quanto ao parâmetro "concentração de bactérias coliformes", vale destacar que por si só a presença de coliformes fecais não fornece à água condição infectante, pois os coliformes fecais não apresentam caráter deletério à saúde humana e, sim, trazem embutida a possibilidade da presença de organismos patogênicos. Além disso, "as bactérias patogênicas tendem a morrer no meio externo, por ação da luz, oxigênio, sedimentação em função da gravidade e eliminação por predadores" (BRANCO; ROCHA, 1986, p. 20). Em função do próprio processo de autodepuração da água, há uma tendência a "decrescer continuamente a população de micro-organismos fecais e patogênicos" (NUCCI; ARAÚJO; SILVA, 1978, p. 7).

Por essas razões, muitos estudos ambientais têm consagrado os parâmetros oxigênio dissolvido (OD) e demanda bioquímica de oxigênio (DBO), como melhores elementos a serem utilizados numa metodologia que busca diagnosticar a qualidade das águas.

Vários trabalhos ratificam a adoção do OD como um dos melhores parâmetros ambientais para identificação da qualidade das águas. Wetzel (1981, p. 112) afirma que "o oxigênio é o parâmetro mais importante dos lagos, exceto a própria água". A ideia é compartilhada por Toledo Júnior e Kawai (1977, p. 5) quando afirmam que "entre os vários parâmetros físicos, químicos e biológicos que determinam a qualidade da água de um rio, lago ou represa, o oxigênio dissolvido é considerado um dos parâmetros mais significativos".

Todo corpo d'água tem condições de receber e depurar, através de mecanismos naturais (autodepuração), certa quantidade de matéria orgânica. No entanto, essa capacidade é limitada, dependendo das características do manancial e da quantidade de matéria orgânica introduzida.

Ao se introduzir uma dada quantidade de matéria orgânica em um curso d'água, ocorre um elevado crescimento de bactérias aeróbias, responsáveis pelo processo de decomposição da mesma. Como consequência dessas atividades, o oxigênio dissolvido da água reduz-se e sua demanda bioquímica de oxigênio eleva-se. Quando há condições de autodepuração, o oxigênio dissolvido volta a crescer, até alcançar o valor anterior, e a DBO diminui, bem como o número de bactérias. A figura a seguir indica o comportamento do OD e da DBO em um curso d'água quando este recebe uma contribuição de matéria orgânica e tende a degradá-la por processos que envolvem a autodepuração.

Veja que é possível reconhecer 4 zonas distintas (Figura 10.1 e Quadro 10.2). Logo após o lançamento da carga orgânica, há uma queda no teor de oxigênio, denominada "déficit inicial de OD". O oxigênio dissolvido continua decrescendo, até alcançar cerca de 40% do OD de saturação, no primeiro trecho, chamado de *zona de degradação*. No trecho seguinte, *zona de decomposição ativa*, o teor de oxigênio dissolvido atinge o valor mínimo, voltando a crescer até cerca de 40% da saturação. Segue-se a *zona de recuperação*, onde a reaeração excede a desoxigenação e o teor de oxigênio dissolvido cresce até atingir valores próximos aos iniciais. Finalmente, tem-se a *zona de águas limpas*, com a água recuperando muitas de suas características, embora algumas mudanças a afetem de forma permanente. (MOTA, 1997, p. 118-20).

158 Introdução à hidrogeografia

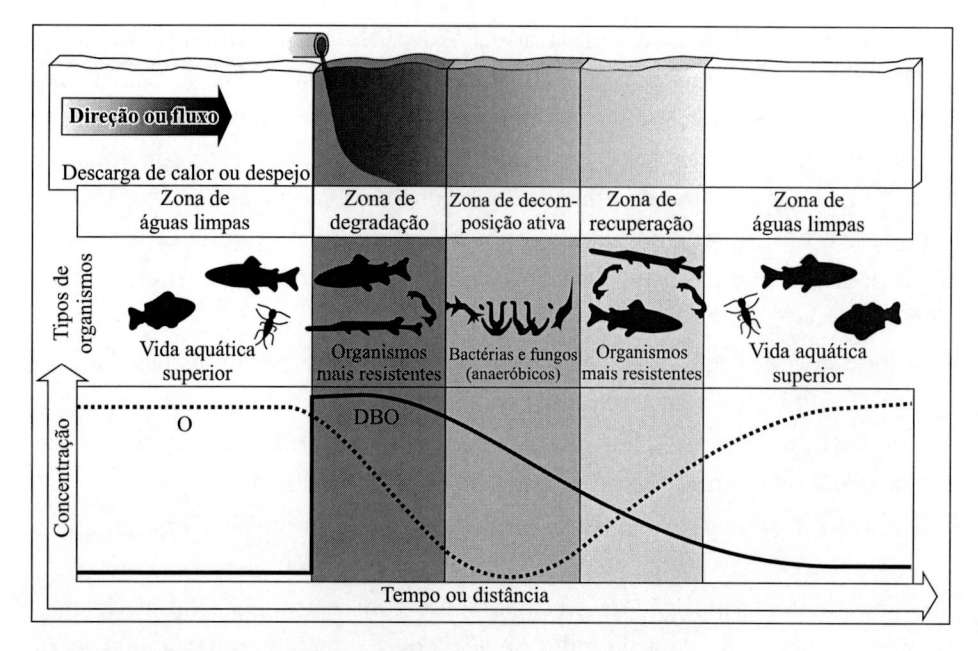

Adaptado de: Braga et al. (2005, p. 90)

Figura 10.1 Processo de autodepuração

Quadro 10.2 Características das zonas de autodepuração de um curso d'água, após o lançamento de uma carga orgânica.

Zonas	Características
De degradação	As águas têm aspecto escuro, sujo; peixes afluem ao local em busca de alimentos; no ponto de lançamento, o teor de oxigênio dissolvido ainda é suficiente à sobrevivência de organismos aeróbios, mas decresce rapidamente com o tempo, até alcançar cerca de 40% do OD de saturação; há a sedimentação do material sólido; teor de gás amônia cresce; a DBO atinge valor máximo no ponto de lançamento, decrescendo a seguir; bactérias e fungos atingem valores elevados; as algas são raras.
De decomposição ativa	O teor de oxigênio dissolvido atinge o mínimo, podendo voltar a elevar-se, até atingir cerca de 40% da saturação; a DBO continua decrescendo; número de bactérias e fungos diminui; o nitrogênio ainda predomina na forma de amônia; organismos aeróbios são reduzidos ou eliminados.
De recuperação	A reaeração excede a desoxigenação e o teor de oxigênio cresce até atingir o valor inicial; águas têm aspecto mais claro; a DBO continua diminuindo; o nitrogênio predomina nas formas de nitratos e nitritos, podendo ainda existir como amônia; número de bactérias é reduzido; peixes e outros organismos aeróbios voltam a aparecer; as algas proliferam.
De águas limpas	As águas retornam às condições primitivas, com relação ao OD, DBO e índices bacteriológicos; peixes e outros organismos aeróbios proliferam normalmente; algumas características indicam mudanças permanentes na qualidade das águas: aumento nos compostos inorgânicos, como os nitratos, fosfatos e sais dissolvidos, podendo resultar na intensa proliferação de algas.

Fonte: Mota (1997, p. 121)

capítulo 11

Gestão de bacias e gerenciamento de recursos hídricos

É tarefa muito difícil trabalhar separadamente os aspectos relativos à gestão de bacias hidrográficas a ao gerenciamento de recursos hídricos, uma vez que historicamente eles têm sido tratados conjunta e concomitantemente, tendo sido a bacia hidrográfica adotada como unidade territorial preferencial para os estudos, planejamento, gestão e gerenciamento dos recursos hídricos – o que é perfeitamente compreensível, uma vez que a água é um elemento da bacia hidrográfica e ao mesmo tempo um produto dela, espelhando suas características e as interações que nela ocorrem, inclusive "as interações entre os vários usos da água com os demais recursos naturais" (CHRISTOFIDIS, 2002, p. 20).

Com o desenvolvimento econômico experimentado pelo país, especialmente a partir da década de 1970, com o intenso processo de urbanização e crescimento demográfico e com o aumento e diversificação das demandas por água, começam a surgir conflitos pelo uso dos recursos hídricos, ao mesmo tempo em que a poluição e a degradação quantitativa e qualitativa desses recursos começam a despertar a consciência da necessidade de sua utilização de forma mais racional. É também nesse momento que alguns "estados começaram a legislar sobre o controle da poluição das águas" (BARTH, 1999, p. 566).

A crescente demanda para todos os usos (irrigação, geração de energia elétrica, abastecimento humano e industrial) acabou dando início a várias experiências de manejo de recursos hídricos que evoluíram fortemente nas últimas décadas até resultarem em políticas e legislações específicas, e que ao mesmo tempo consagraram a bacia hidrográfica como unidade de planejamento e intervenção, passando a ser adotada como um dos principais recortes territoriais para a efetivação da gestão ambiental.

Na década de 1970, "a legislação destinada a regular o uso e acesso aos recursos hídricos no país, embora abrangente, não correspondia mais aos problemas ambientais específicos gerados no contexto do desenvolvimento industrial" (CUNHA; COELHO, 2007, p. 69). Passam a se intensificar os conflitos de usos e entre usuários: geração de energia elétrica, esgotos industriais e urbanos lançados sem prévio tratamento diretamente nos rios, erosão e perda de solos, contaminação de lençóis freáticos pela indústria e agricultura, aumento da demanda urbana, expansão da agricultura irrigada etc., compondo um quadro de situações novas que já não mais podiam ser conciliadas pelo velho código das águas de 1934, que predominava como marco regulatório das águas no Brasil.

As experiências de manejo em bacias hidrográficas desenvolveram-se "historicamente a partir de medidas reativas a situações de degradação ambiental, verificadas em bacias hidrográficas intensamente explotadas pela agricultura" (LANNA, 1995, p. 52). Aliás, é interessante destacar que, embora o conceito de bacia hidrográfica tenha encontrado grande aplicação em áreas rurais, ele não teve como argumentam Hissa e Machado (2004, p. 356), sua gênese nas ciências agrárias, mas "nos órgãos do governo, como decorrência da necessidade de planejamento do uso da água, de acordo com as diversas demandas".

Embora existam experiências de gestão de bacias hidrográficas desde o século XVIII (TUNDISI; SCHIEL, 2003, p. 3), somente nas últimas três décadas foi disseminada sua utilização, particularmente no Brasil, onde "por iniciativa dos governos estaduais e federal, iniciam-se, a partir de 1976, as primeiras tentativas e experiências de gerenciamento de bacias hidrográficas limitadas à administração pública" (ROSS; DEL PRETTE, 1998, p. 102).

Um marco destacável foi a celebração do acordo do Ministério das Minas e Energia e o Governo do Estado de São Paulo, em 1976, que objetivou atingir melhores condições sanitárias nas bacias dos rios Tietê e Cubatão (BARTH, 1999, p. 566). Outro processo institucionalizado de gestão através de bacias hidrográficas teve origem no Paraná, em 1978, "com um projeto de conservação de solo e água na bacia do rio do Campo" (HISSA; MACHADO, 2004, p. 357).

A bacia hidrográfica foi eleita como unidade territorial para a gestão de recursos hídricos no país, com a criação, em 1978, do CEEIB (Comitê Especial de Estudos Integrados de Bacias Hidrográficas), que tinha a incumbência de efetuar a classificação dos cursos d'água da União, bem como do estudo integrado e acompanhamento da utilização racional dos recursos hídricos das bacias hidrográficas dos rios federais, conforme Portaria Interministerial nº 90, de 29 de março de 1978, dos Ministérios das Minas e Energia e Interior.

A bacia hidrográfica também se constituiu na célula básica para a execução de ações voltadas para o manejo e conservação dos recursos naturais renováveis, através do Programa Nacional de Microbacias Hidrográficas, instituído pelo Decreto Federal nº 94.076, de 5 de março de 1987 (BRASIL, 1987, p. 9).

Em abril de 1988, Brasil e França assinaram um acordo de cooperação técnica com o objetivo de estruturar o gerenciamento integrado de bacias hidrográficas, daí resultando a adoção da bacia hidrográfica como unidade de planejamento e gestão ambiental, mas com clara ênfase nos recursos hídricos, seguindo o modelo francês de gerenciamento (ROSS; DEL PRETTE, 1998, p. 116-8). Através do citado acordo, "o governo francês pôde contribuir para o treinamento de equipes técnicas brasileiras, favorecendo a disseminação de conceitos e ideias como agências, comitês e consórcios de bacias" (MAGALHÃES JR., 1997, p. 16).

Entre 1989 e 1997 foi desenvolvido o Programa de Desenvolvimento Rural do Paraná, coordenado pela Secretaria de Agricultura e Abastecimento do Estado do Paraná (MARTIN, 1996, p. 239), chamado Paraná Rural, que envolvia manejo e conservação de solo e água, "incorporando ainda o controle da poluição e confirmando a microbacia hidrográfica como unidade de planejamento e ação" (CARVALHO, 2004, p. 43).

Em 17 de janeiro de 1991, a Lei Federal nº 8.171, que dispõe sobre a Política Agrícola, em seu Artigo 20, já definia que "as bacias hidrográficas constituem-se em unidades básicas de planejamento do uso, da conservação e da recuperação dos recursos naturais".

Em dezembro de 1991 (portanto, anterior à legislação federal que definiu a Política Nacional de Recursos Hídricos), foi aprovada no estado de São Paulo, "a Lei nº 7.663, instituindo a PERH – Política Estadual de Recursos Hídricos e o SIGRH – Sistema Integrado de Gerenciamento de Recursos Hídricos, tomando como referência a bacia hidrográfica como unidade territorial de gerenciamento" (ROSS; DEL PRETTE, 1998, p. 110).

Como em outros estados, também em Minas Gerais, a implantação do sistema de manejo integrado dos recursos naturais contemplou a bacia hidrográfica como unidade espacial de trabalho, quando da criação do Programa "Manejo Integrado de Sub-Bacias Hidrográficas" (FERNANDES, 1996).

Finalmente a Lei Federal nº 9.433, de 8 de janeiro de 1997 (Lei das Águas), estabeleceu como um de seus principais fundamentos (Título I,

Capítulo I, Artigo 1º, Inciso V) que "a bacia hidrográfica é a unidade territorial para implementação da Política Nacional de Recursos Hídricos e atuação do Sistema Nacional de Gerenciamento de Recursos Hídricos".

Com tudo isso foi dada uma nova dimensão ao conceito de bacia hidrográfica, que passou de unidade preferencial de estudos à unidade institucionalizada de intervenção.

Nas últimas décadas o Brasil experimentou novas situações no campo do desenvolvimento econômico, com expressivo crescimento demográfico, urbano e industrial, o que implicou num significativo aumento da demanda por recursos hídricos.

Essa situação, por sua vez, impulsionou uma nova forma de se pensar em termos de gestão de bacias hidrográficas e gerenciamento de recursos hídricos, o que levou ao estabelecimento de leis, normas e regulamentos específicos quanto à utilização das águas, bem como à instituição de mecanismos e instrumentos destinados a efetivar o seu uso de forma mais racional. Tornou-se necessário (e imprescindível) desenvolver-se uma política nacional dos recursos hídricos que viesse encarar os principais desafios referentes à sua gestão: a escassez e a deterioração desses recursos (RUHOFF; PEREIRA, 2004, p. 187).

O marco legal da gestão pública das águas no Brasil deu-se com a instituição do Decreto 24.643, de 10 de julho de 1934, o chamado Código das Águas, "ponto de partida técnico e jurídico na apropriação e conservação dos recursos hídricos do Brasil" (NASCIMENTO, 2006, p. 15).

A partir daí e até a promulgação da Constituição de 1988, o uso das águas se destinava a geração de energia elétrica, controle de inundações, irrigação e abastecimento, com hegemonia política do setor elétrico (SOUSA JR., 2004, p. 48-9). O Código das Águas dispensava grande "ênfase ao aproveitamento do potencial fluvial para a geração de energia elétrica, necessária à atividade industrial que se implantava no país" (CONTE; LEOPOLDO, 2001, p. 25).

A Constituição Federal de 1988 representou outro marco importante na questão ambiental brasileira e trouxe inúmeros avanços institucionalizados com relação aos recursos hídricos. Ela fez decolar inúmeras leis específicas sobre os recursos hídricos, tanto na esfera federal como nos estados, e assim, a gestão dos recursos hidricos passou a ocupar um lugar preponderante no escopo da gestão ambiental.

Contudo, o grande marco norteador das ações referentes ao uso, planejamento, gestão e gerenciamento dos recursos hídricos no Brasil decorreu da instituição da Lei Federal 9.433, de 8 de janeiro de 1997, a chamada Lei das Águas, que regulamentou o inciso XIX do Artigo 21 da Constituição Federal, instituiu a Política Nacional de Recursos Hídricos (PNRH) e criou o Sistema Nacional de Gerenciamento de Recursos Hídricos (SNGRH).

Trata-se de uma legislação com implicação direta no ordenamento territorial, caracterizada, dentre outros aspectos, pela busca por uma descentralização de ações e enunciando princípios básicos, hoje praticados em muitos países que avançaram nos processos de gestão de seus recursos hídricos, destacando-se a adoção da bacia hidrográfica como unidade de planejamento e intervenção, os usos múltiplos da água, o reconhecimento da água como recurso natural limitado e dotado de valor econômico e a gestão descentralizada e participativa, introduzindo novos atores sociais no processo decisório. Como efeito, esses aspectos acabaram determinando a cobrança pelo uso das águas, a divisão do território nacional em bacias hidrográficas, base para a formação dos comitês de bacia, instâncias para a gestão dos recursos hídricos, além de caracterizar a sociedade civil como componente fundamental dos processos de gestão (SOUSA JR., 2004, p. 53-4).

O Sistema Nacional de Gerenciamento de Recursos Hídricos (SNGRH) foi criado com os seguintes objetivos (Artigo 32): coordenar a gestão integrada das águas; arbitrar administrativamente os conflitos relacionados com os recursos hídricos; implementar a Política Nacional de Recursos Hídricos; planejar, regular e controlar o uso, a preservação e a recuperação dos recursos hídricos; e promover a cobrança pelo uso de recursos hídricos.

A instituição e/ou o fortalecimento da figura dos comitês de bacia hidrográfica foi um dos avanços mais significativos da Lei 9.433/97, uma inovação na administração dos recursos naturais, principalmente com a valorização da participação dos usuários no processo de gestão. Os comitês constituem um novo arranjo institucional, não mais exclusivamente centrado e centralizado no Poder Público. Eles constituem um fórum democrático de decisão no âmbito de cada bacia, com representação de usuários, Governo (administração federal, estadual e municipal) e sociedade civil organizada, de forma a atuar na conciliação de interesses diversos e na resolução de conflitos, dividindo responsabilidades (CUNHA; COELHO, 2007, p. 71). Atua como um colegiado, um "Parlamento das Águas da Bacia" (PIO et al., 2004, p. 198).

Como se pode apreender do que foi exposto, o manejo dos recursos hídricos não constitui uma atividade isolada do manejo dos demais recursos naturais, e assim "os desafios no gerenciamento dos recursos hídricos estão diretamente relacionados com a gestão ambiental, pois os recursos hídricos são recursos naturais" (RUHOFF; PEREIRA, 2004, p. 187). A própria Lei 9.433/97 estabelece como uma de suas diretrizes de ação "a integração da gestão dos recursos hídricos com a gestão ambiental" (Artigo 3º/III e Artigo 29/IV).

Referências bibliográficas

ART, H. W. (Org.). *Dicionário de ecologia e ciências ambientais*. São Paulo: UNESP/Melhoramentos, 2001.

ATKINSON, B. W.; GADD, A. *O tempo*. São Paulo: Círculo de Leitores, 1990.

AYOADE, J. O. *Introdução à Climatologia para os trópicos*. Rio de Janeiro: Bertrand Brasil, 1991.

BARTH, F. T. Aspectos institucionais do gerenciamento de recursos hídricos. In: REBOUÇAS, A. da C.; BRAGA, B.; TUNDISI, J. G. (Orgs.). *Águas doces no Brasil*: capital ecológico, uso e conservação. São Paulo: Escrituras, 1999, p. 565-99.

BASSOI, L. J.; GUAZELLI, M. R. Controle ambiental da água. In: PHILIPPI JR., A.; ROMERO, M. de A.; BRUNA, G. C. *Curso de gestão ambiental*. Barueri/SP: Manole, 2004, p. 53-99.

BELTRAME, A. da V. *Diagnóstico do meio físico de bacias hidrográficas*: modelo e aplicação. Florianópolis: UFSC, 1994.

BENETTI, A.; BIDONE, F. O meio ambiente e os recursos hídricos. In: TUCCI, C. E. M. (Org.) *Hidrologia*: ciência e aplicação. Porto Alegre: UFRS/USP/ABRM, 1993, p. 849-75.

BERTONI, J. C.; TUCCI, C. E. M. Precipitação. In: TUCCI, C. E. M. (Org.) *Hidrologia*: ciência e aplicação. Porto Alegre: UFRS/USP/ABRM, 1993, p. 177-241.

BORSATO, F. H.; MARTONI, A. M. Estudo da fisiografia das bacias hidrográficas urbanas no município de Maringá, estado do Paraná. *Revista Acta Scientiarum*. Maringá, v.26, n. 2, 2004, p. 273-285. Disponível em: http://periodicos.uem.br/ojs/index.php/ActaSciHumanSocSci/article/viewFile/1391/907. Acesso em: ago. 2011.

BOTELHO, C. G. et al. *Recursos naturais renováveis e impacto ambiental*: água. Lavras: UFLA, 2001.

BOTELHO, R. G. M.; SILVA, A. S. da. Bacia hidrográfica e qualidade ambiental. In: VITTE, A. C.; GUERRA, A. J. T. (Orgs.). *Reflexões sobre geografia física no Brasil*. Rio de Janeiro: Bertrand Brasil, 2007, p. 153-92.

BRAGA, B. et al. *Introdução à engenharia ambiental*: o desafio do desenvolvimento sustentável. São Paulo: Pearson Prentice Hall, 2005.

BRANCO, S. M. *Água*: origem, uso e preservação. São Paulo: Moderna, 1993.

_____. *O meio ambiente em debate*. São Paulo: Moderna, 1988.

_____.; ROCHA, A. A. *Proposições básicas para a proteção ambiental da Represa Dr. João Penido em Juiz de Fora-MG*. São Paulo: [S.n.], 1986. (mimeografado).

_____.; _____. *Poluição, proteção e usos múltiplos de represas*. São Paulo: Edgard Blücher/CETESB, 1977.

BRASIL. Ministério da Agricultura. *Programa Nacional de Microbacias Hidrográficas*. Brasília: EMBRATER, 1987.

BRIGANTE, J.; ESPÍNDOLA, E. L. G. (Orgs.). *Limnologia fluvial*: um estudo do Rio Mogi-Guaçu. São Carlos: RIMA, 2003.

CAICEDO, n. Água subterrânea. In: TUCCI, C. E. M. (Org.) *Hidrologia*: ciência e aplicação. Porto Alegre: UFRS/USP/ABRM, 1993, p. 289-333.

CALHEIROS, R. de O. et al. *Preservação e recuperação de nascentes*. Piracicaba: CTRN, 2004.

CARVALHO, S. M. O *diagnóstico físico-conservacionista*: DFC como subsídio à gestão ambiental da bacia hidrográfica do Rio Quebra-Perna, Ponta Grossa/PR. Tese (Doutorado) – UNESP, Presidente Prudente, 2004.

CAUBET, C. G.; FRANK, B. *Manejo ambiental em bacia hidrográfica*: o caso do Rio Benedito (Projeto Rio-Itajaí I) – das reflexões teóricas às necessidades concretas. Florianópolis: Fundação Água Viva, 1993.

CETESB. Qualidade das águas no estado de São Paulo. *Revista Águas e Energia Elétrica*. São Paulo, a.5, n. 14, 1988, p. 11-5.

CHRISTOFIDIS, D. Considerações sobre conflitos e uso sustentável em recursos hídricos. In: THEODORO, S. H. (Org.). *Conflitos e uso sustentável dos recursos naturais*. Rio de Janeiro: Garamond, 2002, p. 13-28.

CHRISTOFOLETTI, A. *Geomorfologia*. São Paulo: Edigard Blucher, 1980.

CLARKE, R.; KING, J. O *atlas da água*: o mapeamento completo do recurso mais precioso do planeta. São Paulo: Publifolha, 2005.

COELHO NETTO, A. L. Hidrologia de encosta na interface com a geomorfologia. In: GUERRA, A. J. T.; CUNHA, S. B. da (Orgs.). *Geomorfologia*: uma atualização de bases e conceitos. Rio de Janeiro: Bertrand Brasil, 2007, p. 93-148.

_____.; AVELAR, A. de S. In: GUERRA, A. J. T.; CUNHA, S. B. da. *Geomorfologia*: exercícios, técnicas e aplicações. Rio de Janeiro: Bertrand Brasil, 1996, p. 103-38.

CONTE, M. de L.; LEOPOLDO, p. R. *Avaliação de recursos hídricos*: Rio Pardo, um exemplo. São Paulo: UNESP, 2001.

CONTI, J. B. *Clima e meio ambiente*. São Paulo: Atual, 1998.

COSTA, H.; TEUBER, W. *Enchentes no estado do Rio de Janeiro*: uma abordagem geral. Rio de Janeiro: SEMADS, 2001.

COSTA, T. C. e C. et al. Vulnerabilidade ambiental em sub-bacias hidrográficas do estado do Rio de Janeiro por meio de integração temática da perda de solo (USLE), variáveis morfométricas e o uso/cobertura da terra. *Anais do XIII Simpósio Brasileiro de Sensoriamento Remoto*, Florianópolis, Brasil, 21-26 abr. 2007, INPE, p. 2493-500.

CUNHA, A. T. da; WENDLAND, E. determinação da evapotranspiração na zona de afloramento do aquífero Guarani em Itapina, SP. In: WENDLAND, E.; SCHALCH, V. (Orgs.). *Pesquisas em meio ambiente*: subsídios para a gestão de políticas públicas. São Paulo: RIMA, 2003, p. 83-93.

CUNHA, L. H.; COELHO, M. C. n. Política e Gestão Ambiental. In: GUERRA, A. J. T.; CUNHA, S. B. da (Orgs.). *A questão ambiental*: diferentes abordagens. Rio de Janeiro: Bertrand Brasil, 2007, p. 43-79.

CUNHA, S. B. da. Geomorfologia Fluvial. In: GUERRA, A. J. T.; CUNHA, S. B. da. *Geomorfologia*: exercícios, técnicas e aplicações. Rio de Janeiro: Bertrand Brasil, 1996, p. 157-89.

DANTAS, M. E. et al. Geomorfologia aplicada à gestão integrada de bacias de drenagem: bacia do Rio Araranguá (SC), zona carbonífera sul-catarinense. *Anais do Simpósio Brasileiro de Recursos Hídricos da ABRM*. João Pessoa/PB, 2005. Disponível em: http://www.cprm.gov.br/publique/cgi/cgilua.exe/sys/start.htm?infoid=700&sid=94.

DREW, D. *Processos interativos homem-meio ambiente*. São Paulo: DIFEL, 1986.

ESTEVES, F. de A. *Fundamentos de Limnologia*. Rio de Janeiro: Interciência, 1998.

FEEMA. *Vocabulário básico de meio ambiente*. Rio de Janeiro: FEEMA, 1990.

FERNANDES, M. R. Manejo integrado de sub-bacias hidrográficas: um projeto mineiro. *Anais da II Semana Interamericana da Água em Minas Gerais*. Belo Horizonte: EMATER, 1996.

FORSDYKE, A. G. *Previsão do tempo e clima*. São Paulo: Melhoramentos, 1969.

FREIRE, O. Uso agrícola do solo: impactos ambientais. In: TAUK-TORNISIELO, S. M. et al. (Orgs.). *Análise ambiental*: estratégias e ações. São Paulo: T. A. Queiroz/ Fundação Salim Farah Maluf/UNESP Rio Claro, 1995, p. 293-6.

GALETI, p. A. *Conservação do solo, reflorestamento, clima*. Campinas: ICEA, 1973.

GRANELL-PÉREZ, M. D. C. *Trabalhando geografia com as cartas topográficas*. Ijuí/RS: Editora Unijuí, 2001.

GUERRA, A. T. *Dicionário geológico-geomorfológico*. Rio de Janeiro: IBGE, 1980.

HARDY, R. et al. *El libro del clima*. Madrid: Hermann Blume Ediciones, 1983.

HISSA, H. R.; MACHADO, C. J. S. Gestão participativa de recursos hídricos em microbacias hidrográficas. In: MACHADO, C. J. S. (Org.). *Gestão de águas doces*. Rio de Janeiro: Interciência, 2004, p. 345-67.

HOLTZ, A. C. Tatit. Precipitação. In: PINTO, n. L. de S. et al. *Hidrologia básica*. São Paulo: Edgard Blucher, 2005, p. 7-35.

IGAM. *Glossário de termos*: gestão de recursos hídricos e meio ambiente. Belo Horizonte: IGAM, 2008.

IPT – Instituto de Pesquisas Tecnológicas. *Curso de capacitação em mapeamento e gerenciamento de risco*. Brasília: Ministério das Cidades, 2006.

LANNA, A. E. L. *Gerenciamento de bacia hidrográfica*: aspectos conceituais e metodológicos. Brasília: IBAMA, 1995.

LEAL, C. A. Gestão urbana e regional em bacias hidrográficas: interfaces com o gerenciamento de recursos hídricos. In: BRAGA, R.; CARVALHO, p. F. de (Orgs.). *Recursos hídricos e planejamento urbano e regional*. Rio Claro: UNESP, 2003, p. 65-85.

LEINZ, V.; AMARAL, S. E. *Geologia geral*. São Paulo: Editora Nacional, 1975.

LEMOS, R. C. de; SANTOS, R. D. dos. *Manual de descrição e coleta de solo no campo*. Campinas: SBCS, 1982.

LIMA, W. de p. *Manejo de bacias hidrográficas*. São Paulo: Escola Superior de Agricultura Luiz de Queiroz/USP, 1996.

LIMA-E-SILVA, p. p. de et al. (Orgs.). *Dicionário brasileiro de ciências ambientais*. Rio de Janeiro: Thex Editora, 1999.

LINDNER, E. A.; GOMIG, K.; KOBIYAMA, M. Sensoriamento remoto aplicado à caracterização morfométrica e classificação do uso do solo na bacia do rio do Peixe/SC. *Anais do XIII Simpósio Brasileiro de Sensoriamento Remoto*. Florianópolis, 21-26 abr. 2007, p. 3405-12.

MACEDO, J. A. B. de. *Águas e águas*. Juiz de Fora: Ortofarma, 2000.

MACEDO, R. K. de. Metodologias para a sustentabilidade ambiental. In: TAUK-TORNISIELO, S. M. (Org.). *Análise ambiental*: estratégias e ações. São Paulo: T. A. Queiroz, 1995, p. 77-102.

MAGALHÃES JR., A. p. Gerenciamento dos recursos hídricos no Brasil: os riscos das manchas territoriais de desinformação – o caso de São Gonçalo do Sapucaí (Sul de Minas Gerais). *A água em revista*. Belo Horizonte: CPRM, ano V, n. 9, nov. 1997, p. 14-20.

MARTIN, n. B. Manejo de microbacias: o caso do Paraná-rural. In: LOPES, I. V. et al. (Orgs.). *Gestão ambiental no Brasil*: experiência e sucesso. Rio de Janeiro: Fundação Getúlio Vargas, 1996, p. 239-64.

MARTINS, J. A. Infiltração. In: PINTO, n. L. de Sousa et al. *Hidrologia básica*. São Paulo: Edgard Blucher, 2005, p. 36-43.

MENDES, C. A. B. Gestão de recursos hídricos: bacias dos rios Mundaú e Paraíba. *Revista Sociedade e Natureza*. Uberlândia: UFU, a.3, n. 5/6, jan.-dez. 1991, p. 53-8.

MINISTÉRIO DA AGRICULTURA. *Atlas internacional de nuvens*. Rio de Janeiro: Ministério da Agricultura, 1956.

_____. *Manual de observação de superfície*. Brasília: Ministério da Agricultura, 1969.

MIRANDA, E. E. de. *Água na natureza e na vida dos homens*. Aparecida do Norte/SP: Idéias e Letras, 2004.

MMA (Ministério do Meio Ambiente). *Documento de introdução ao Plano Nacional de Recursos Hídricos*. Brasília: MMA/SRH, 2004.

MMA/IDEC. *Consumo sustentável*: manual de educação. Brasília: Consumers International/MMA/IDEC, 2002.

MOLION, L. C. B. A Amazônia e o clima da Terra. *Revista Ciência Hoje*, v.8, n. 48, nov. 1988, p. 42-7.

MONTANARI, V.; STRAZZACAPPA, C. *Pelos caminhos da água*. São Paulo: Moderna, 1999.

MORANDI, S.; GIL, I. C. *Tecnologia e ambiente*. São Paulo: Copidart, 2000.

MOTA, S. *Introdução à engenharia ambiental*. Rio de Janeiro: ABES, 1997.

_____. *Preservação de recursos hídricos*. Rio de Janeiro: ABES, 1988.

MOURÃO, R. R. F. *Explicando meteorologia*. São Paulo: EDIOURO, 1988.

NACE, R. L. A Hidrologia, ciência moderna de 5000 anos. *Revista O Correio da UNESCO*. Rio de Janeiro, ano 6, n. 4, abr. 1978, p. 25-8.

NACIF, p. G. S. et al. *Ambientes naturais da bacia hidrográfica do Rio Cachoeira*. Cruz das Almas: S/E, 2003. Disponível em: www.corredores.org.br/?pageId=adminOpen Doc&docId=1664.

NASCIMENTO, F. R. *Degradação ambiental e desertificação no Nordeste brasileiro*: o contexto da bacia hidrográfica do Rio Acaraú - Ceará. Tese (Doutorado) - UFF, Niterói, 2006.

_____.; CARVALHO, O. Bacias hidrográficas como unidade de planejamento e gestão geoambiental: uma proposta metodológica. *Revista Eletrônica da Associação dos Geógrafos Brasileiros - Seção Niterói*, ano 1, jul.-dez. 2005.

NOGUEIRA, p. C. K. Água: o solvente do organismo humano. *Revista Ciência Hoje - Águas no Brasil*. Rio de Janeiro, v.19, v.110, 1995, p. 46-50.

NUCCI, n. L. R.; ARAÚJO, J. L. B.; SILVA, R. J. C. *Tratamento de esgotos municipais por disposição no solo e sua aplicação no estado de São Paulo*. São Paulo: Fundação Prefeito Faria Lima, 1978.

OLIVEIRA, H. T. de. Potencialidades do uso educativo do conceito de bacia hidrográfica em programas de educação ambiental. In: SCHIAVETTI, A.; CAMARGO, A. F. M. (Orgs.). *Conceitos de bacias hidrográficas*: teorias e aplicações. Ilhéus: Editus, 2002, p. 125-38.

ORLANDO, p. H. K. *Produção do espaço e gestão hídrica na bacia do Rio Paraibuna (MG-RJ)*: uma análise crítica. Tese (Doutorado) - UNESP, Presidente Prudente, 2006.

PALAVIZINI, R. S. *Gestão transdisciplinar do ambiente*: uma perspectiva aos processos de planejamento e gestão social no Brasil. Tese (Doutorado) - Florianópolis, UFSC, 2006.

PETRELLA, R. A Água. O desafio do bem comum. In: NEUTZLING, I. (Org.). *Água*: bem público universal. São Leopoldo/RS: Editora UNISINOS, 2004, p. 9-31.

PINTO, n. L. de S. *Hidrologia básica*. São Paulo: Edgard Blucher, 2005.

PIO, A. A. B. et al. Os comitês de bacias hidrográficas do estado de São Paulo. In: MACHADO, C. J. S. (Org.). *Gestão de águas doces*. Rio de Janeiro: Interciência, 2004, p. 197-230.

PIRES, J. S. R.; SANTOS, J. E. dos. Bacias hidrográficas: integração entre meio ambiente e desenvolvimento. *Ciência Hoje*. São Paulo, v.19, n. 110, jun. 1995, p. 40-5.

_____.; _____.; DEL PRETTE, M. E. A Utilização do conceito de bacia hidrográfica para a conservação dos recursos hídricos. In: SCHIAVETTI, A.; CAMARGO, A. F. M. (Orgs.). *Conceitos de bacias hidrográficas*: teorias e aplicações. Ilhéus: Editus, 2002, p. 17-35.

PNUD. *Relatório do desenvolvimento humano*. Nova York. PNUD/ONU, 2006. Tradução do Instituto Português de Apoio ao Desenvolvimento (IPAD).

PORTO, R. L. L. et al. *Apostila de evapotranspiração*. São Paulo: USP/Departamento de Engenharia Hidráulica e Sanitária, 2000. Disponível em: http://www.ebah.com.br/content/ABAAAAPUEAH/apostila-evapotranspiracao. Acesso em: ago. 2011.

POURNELLE, J. A máquina do clima. *Revista O Correio da UNESCO*. Rio de Janeiro, ano 6, n. 4, 1978, p. 23-4.

REBOUÇAS, A. *Uso inteligente da água*. São Paulo: Escrituras, 2004.

REBOUÇAS, A. da C. Água doce no mundo e no Brasil. In: _____.; BRAGA, B.; TUNDISI, J. G. (Orgs.). *Águas doces no Brasil*: capital ecológico, uso e conservação. São Paulo: Escrituras, 1999, p. 1-37.

RETALLACK, B. J. *Notas de treinamento para a formação do pessoal meteorológico Classe IV*. Brasília: Ministério da Agricultura, 1977.

ROCHA, J. S. M. da; KURTZ, S. M. de J. M. *Manual de manejo integrado de bacias hidrográficas*. Santa Maria/RS: Edições UFSM, 2001.

RODRIGUES, C.; ADAMI, S. Técnicas fundamentais para o estudo de bacias hidrográficas. In: VENTURI, L. A. B. (Org.). *Praticando geografia*: técnicas de campo e laboratório em geografia e análise ambiental. São Paulo: Oficina de Textos, 2005, p. 147-66.

ROSS, J. L. S. *Geografia do Brasil*. São Paulo: EDUSP, 1995.

_____.; DEL PRETTE, M. E. Recursos hídricos e as bacias hidrográficas: âncoras do planejamento e gestão ambiental. *Revista do Departamento de Geografia*. São Paulo: USP, n. 12, 1998, p. 89-121.

RUHOFF, A. L.; PEREIRA, R. S. Gestão de recursos hídricos em bacias hidrográficas: representações computacionais do ciclo hidrológico em sistemas de informações geográficas. *Revista Geosul*. Florianópolis: UFSC, v.19, n. 38, jul.-dez. 2004, p. 185-205

SANTOS, I. et al. *Hidrometria aplicada*. Curitiba: Instituto de Tecnologia para o Desenvolvimento, 2001.

SCHULTZ, L. A. *Métodos de conservação do solo*. Porto Alegre: Sagra S.A., 1978.

SCROGGIE, J. et al. *Planeta Terra e o universo*. Rio de Janeiro: Reader's Digest, 2005.

SETTI, A. A. et al. *Introdução ao gerenciamento de recursos hídricos*. Brasília: ANEEL/ANA, 2001.

SILVA, A. M. da; SCHULZ, H. E.; CAMARGO, P. B. de. *Erosão e hidrossedimentologia em bacias hidrográficas*. São Carlos: RIMA, 2003.

SILVA, C. A. da. Manejo integrado em microbacias hidrográficas. *Revista Estudos Sociedade e Agricultura*, n. 3, nov. 1994, p. 182-8.

SILVEIRA, A. L. da; LOUZADA, J. A.; BELTRAME, L. F. Infiltração e armazenamento no solo. In: TUCCI, C. E. M. (Org.) *Hidrologia*: ciência e aplicação. Porto Alegre: UFRS/USP/ABRM, 1993, p. 335-72.

SILVEIRA, A. L. L. Ciclo hidrológico e bacia hidrográfica. In: TUCCI, C. E. M. (Org.) *Hidrologia*: ciência e aplicação. Porto Alegre: UFRS/USP/ABRM, 1993, p. 35-51.

SOUSA JR., W. C. de. *Gestão das águas no Brasil*: reflexões, diagnósticos e desafios. São Paulo: Peirópolis, 2004.

STRAHLER, A. n. *Geografia física*. Barcelona: Ediciones Omega, 1982.

SUGUIO, K.; SUZUKI, U. *A evolução geológica da Terra e a fragilidade da vida*. São Paulo: Edgard Blucher, 2003.

TEODORO, V. L. I. et al. O conceito de bacia hidrográfica e a importância da caracterização morfométrica para o entendimento da dinâmica ambiental local. *Revista UNIARA*, n. 20, 2007, p. 137-56.

TOLEDO JR., A. p. de; KAWAI, H. *Modelo para a avaliação do perfil vertical de oxigênio dissolvido na Represa Billings*. São Paulo: CETESB, 1977.

TOMAZ, p. *Economia de água para empresas e residências*: um estudo atualizado sobre o uso racional da água. São Paulo: Navegar, 2001.

TORRES, F. T. p. ; MACHADO, p. J. de O. *Introdução à climatologia*. São Paulo: Cengage Learning, 2011.

TRICART, J. *Ecodinâmica*. Rio de Janeiro: FIBGE/SEPREN, 1977.

TUBELIS, A.; NASCIMENTO, F. J. L. *Meteorologia descritiva*: fundamentos e aplicações brasileiras. São Paulo: Nobel, 1984.

TUCCI, C. E. M. *Apostila de Hidrologia I – Capítulo 2 – Ciclo Hidrológico – Bacia Hidrográfica*. 2003. Disponível em: www.iph.ufrgs.br/posgrad/disciplinas/hip01/apresentacoes/Capítulo2.ppt. Acesso em: ago. 2011.

_____. Gerenciamento da drenagem urbana. In. *Revista Brasileira de Recursos Hídricos*. Porto Alegre: ABRM, v.7, n. 1, jan.-mar. 2002, p. 5-27.

_____. (Org.) *Hidrologia*: ciência e aplicação. Porto Alegre: UFRS/USP/ABRM, 1993.

_____.; BERTONI, J. C. (Orgs.). *Inundações urbanas na América do Sul*. Porto Alegre: ABRM, 2003.

TUNDISI, J. G. *Água no século XXI*: enfrentando a escassez. São Carlos: RIMA, 2003.

_____.; SCHIEL, D. A Bacia hidrográfica como laboratório experimental para o ensino de ciências, geografia e educação ambiental. In: SCHIEL, D. et al. (Orgs.). *O estudo de bacias hidrográficas*: uma estratégia para a educação ambiental. São Carlos: RIMA, 2003, p. 3-8.

URBAN, T. Quem vai falar pela Terra. In: NEUTZLING, I. (Org.). *Água*: bem público universal. São Leopoldo/RS: Editora UNISINOS, 2004, p. 95-114.

VALENTE, O. F. Manejo de bacias hidrográficas. *Revista Ação Ambiental*. Viçosa: UFV, ano I, n. 3, dez. 1998-jan. 1999, p. 5-6.

_____.; GOMES, M. A. *Conservação de nascentes*: hidrologia e manejo de bacias hidrográficas de cabeceira. Viçosa: Aprenda Fácil, 2005.

VAREJÃO-SILVA. M. A. *Meteorologia e climatologia*. Brasília: INMET, 2000.

VENTURI, L. A. B. (Org.). *Praticando geografia*: técnicas de campo e laboratório em geografia e análise ambiental. São Paulo: Oficina de Textos, 2005.

VERNIER, J. *O meio ambiente*. Campinas: Papirus, 1994.

VIANELLO, R. L.; ALVES, A. R. *Meteorologia básica e aplicações*. Viçosa: UFV, 1991.

VILLELA, S. M.; MATTOS, A. *Hidrologia aplicada*. São Paulo: McGraw-Hill do Brasil, 1975.

VILLIERS, M. *Água*: como o uso desse precioso recurso natural poderá acarretar a mais séria crise do século XXI. Rio de Janeiro: Ediouro, 2002.

VON SPERLING, M. *Introdução à qualidade das águas e ao tratamento de esgotos*. Belo Horizonte: DESA/UFMG, 1996.

WETZEL, R. G. *Limnologia*. Barcelona: Omega, 1981.